U0600279

自心清净 能断烦恼

林清玄

林清玄 著

长江出版传媒
长江文艺出版社

新出图证（鄂）字 03 号

图书在版编目（CIP）数据

自心清净，能断烦恼/林清玄著. — 武汉：长江文艺出版社，2017.3（2019.1重印）

ISBN 978-7-5354-9288-3

Ⅰ.①自… Ⅱ.①林… Ⅲ.①散文集–中国–当代 Ⅳ.①I267

中国版本图书馆 CIP 数据核字（2017）第274393号

著作权合同登记号　图字：17-2016-363

本著作权物经北京夏和璟天文化传播有限公司代理，由九歌出版社有限公司授权，在中国大陆出版、发行中文简体字版本。

策　　划：胡　家　徐小凤　　　　　　责任编辑：吴　双　胡　家

封面设计：吉向雄大郎　　　　　　　　责任校对：韩　雨

责任印制：张　涛

出版：长江出版传媒　长江文艺出版社

地址：武汉市雄楚大街 268 号　　　　邮编：430070

发行：长江文艺出版社

　　　北京时代华语国际传媒股份有限公司　（电话：010-83670231）

http://www.cjlap.com

印刷：北京盛通印刷股份有限公司

开本：690毫米 ×980毫米　1/16　　　印张：16

版次：2017年3月第1版　　　　　　　2019 年1月第10次印刷

字数：175千字

定价：39.80 元

版权所有，盗版必究

（图书如出现印装质量问题，请联系 010-83670231 进行调换）

自心清净
能断烦恼

林清玄

· · ·
目
录

Part 1
人生滋味不易知

我们所经历过的美好事物，其实都被卷存
典藏着，一旦打开了，就从记忆中遥不可
知的角落飘回来。

Part 2
随心随缘，欢喜度日

在我们不可把捉的尘世的命运中，我们不要管无情的背弃，我们不要管苦痛的创痕，只要维持一瓣香，在长夜的孤灯下，可以从陋室里的胸中散发出来，也就够了。

Part 3
天寒露重，望君保重

文学如杯，往事似酒，杯酒风流，如梦如电，但是当我们想起那个时代的热情、真情、豪情与才情，就觉得点燃了火种，光明也就有了希望。

Part 4
生命的风雨都是掌声

人也是这样，年少的时候自以为才情纵横，英雄盖世，到了年岁渐长，才知道那只是贼光激射。经过了岁月的磨洗，知道了人外有人、天外有天，贼光才会收敛；等到贼光消失的时候，也正是宝光生起之时。

Part 5
用心发现生活之美

我内心的蝴蝶却与初生时，一样美丽。如果内心的蝴蝶从未苏醒，枯叶蝶的一生，也只不过是一片无言的枯叶！

Part 6
坏事好事不一定

万劫不复的大失落在人间不是没有，然而像银针那么微小的失落，从大的观点来看总是有补偿的，我一直不肯相信生命中有永远的失落，永远的失落只有在自暴自弃的人身上才能找到。

Part 7
一个人的修行路

我想着，一个人一生能找到一个清洗心灵的地方，概率有多大？即使能找到相同的地方，年岁也大了，心情也不同了。

Part 1
人生滋味不易知

　　我们所经历过的美好事物，其实都被卷存典藏着，一旦打开了，就从记忆中遥不可知的角落飘回来。

自
心
清
净

冰糖芋泥

　　每到冬寒时节，我时常想起幼年时候，坐在老家西厢房里，一家人围着大灶，吃母亲做的冰糖芋泥。事隔二十几年，每回想起，齿颊还会涌起一片甘香。

　　有时候没事，读书到深夜，我也会学着妈妈的方法，熬一碗冰糖芋泥，温暖犹在，但味道已大不如前了。我想，冰糖芋泥对我，不只是一种食物，而是一种感觉，是冬夜里的暖意。

　　成长在台湾"光复"后几年的孩子，对番薯和芋头这两种食物，相信记忆都非常深刻。早年在乡下，白米饭对我们来讲是一种奢想，三餐时，饭锅里的米饭和番薯永远是不成比例的，有时早上喝到一碗未掺番薯的白粥，就会高兴半天。

生活在那种景况中的孩子只有自求多福，但最为难的恐怕是妈妈，因为她时刻都在想如何为那简单贫乏的食物设计一些新的花样，让我们不感到厌倦，并增加我们的生活趣味。我至今最怀念的是母亲费尽心思在食物上所创造的匠心和巧意。

打从我刚学会走路的时候，就经常在午后的空闲里，随着母亲到田中采摘野菜，她能分辨出什么野菜可以食用，且加以最可口的配方。譬如有一道菜叫"乌莘菜"的，母亲采下那最嫩的芽，用太白粉烧汤，那又浓又香的汤汁我到今天还不敢稍稍忘记。

即使是番薯的叶子，摘回来后剥皮去丝，不管是火炒，还是清煮，都有特别的翠意。

如果遇到雨后，母亲就拿把铲子和竹篮，到竹林中去挖掘那些刚要冒出头来的竹笋，竹林中阴湿的地方常生长着一种可食用的蕈类，是银灰而带点褐色的。母亲称为"鸡肉丝菇"，炒起来的味道真是如同鸡肉丝一样。

就是乡间随意生长的青凤梨，母亲都有办法变出几道不同的菜式。

母亲是那种做菜时常常有灵感的人，可是遇到我们几乎天天都要食用，等于是主食的番薯和芋头则不免头痛。将番薯和芋头加在米饭里蒸煮是很容易的，可是如果天天吃着这样的食物，恐怕脾气再好的孩子都要哭丧着脸。

在我们家,番薯和芋头都是长年不缺的。番薯种在离溪河不远处的沙地，纵在最困苦的年代，也会繁茂地生长，取之不尽，食之不绝；芋头则种在田野沟渠的旁边，果实硕大坚硬，也是四季不缺。

我常看到母亲对着用整布袋装回来的番薯和芋头发愁，然后她开始在发愁中创造，企图用最平凡的食物，来做最不平凡的菜肴，让我们整天吃这两种东西不感到烦腻。

母亲当然把最好的部分留下来掺在饭里，其他的，她则小心翼翼地将之切成薄片，用糖、面粉，和我们自己家生产的鸡蛋打成糊状，薄片沾着粉糊下到油锅里炸，到呈金黄色的时刻捞起，然后用一个大的铁罐盛装，就成为我们日常食用的饼干。由于母亲故意宝爱着那些饼干，我们吃的时候是用分配的，所以就觉得格外好吃。

即使是番薯有那么多，母亲也不准我们随便取用，她常谈起那个时代空袭的一段岁月，说番薯也和米饭一样重要。那时我们家还用烧木柴的大灶，下面是排气孔，烧剩的火灰落到气孔中还有温热，我们最喜欢把小的红心番薯放在孔中让火烬焖熟，剥开来真是香气扑鼻。母亲不许我们这样做，只有得到奖赏的孩子才有那种特权。

记得我每次考了第一名，或拿奖状回家时，母亲就特准我在灶下焖两个红心番薯以作为奖励；得到从灶里焖熟的番薯，心中那种荣耀的感觉，真不亚于在学校的讲台上领奖状，番薯吃起来也就特别有味。我们家是个大家庭，我有十四个堂兄弟、四个堂姊，伯父母都是早年去世，由母亲主理家政，到今天，我们都还记得领到两个红心番薯是多么隆重的奖品。

番薯不只用来做饭、做饼、做奖品，还能与东坡肉同卤，还能清蒸，母亲总是每隔几日就变一种花样。夏夜里，我们做完功课，最期待的点心是，母亲把番薯切成一寸见方，和凤梨一起煮成的甜汤；酸甜兼具，颇可以象征我们当日的生活。

芋头的地位似乎不像番薯那么重要，但是母亲的一道芋梗做成的菜肴，几乎无以形容。有一回，我在台北天津街吃到一道红烧茄子，险些落下泪来，因为这道北方的菜肴，它的味道竟和二十几年前南方贫苦的乡下，母亲做的芋梗极其相似。本来挖了芋头，梗和叶都要丢弃的，母亲却不舍，于是芋梗做了盘中餐，芋叶则用来给我们上学做饭包。

芋头孤傲的脾气和它流露的强烈气味是一样的，它充满了敏感，几乎和别的食物无法相容。削芋头的时候要戴手套，因为它会让皮肤麻痒，它的这种坏脾气使它不能取代番薯，永远是个二副，当不了船长。

我们在过年过节时，能吃到丰盛的晚餐，其中不可少的一样是芋头排骨汤，我想全天下，没有比芋头和排骨更好的配合了，唯一能相提并论的是莲藕排骨，但一浓一淡，风味各殊，人在贫苦的时候，大多是更喜爱浓烈的味道。母亲在红烧鲢鱼头时，炖烂的芋头和鱼头相得益彰，恐怕也是天下无双。

最不能忘记的是我们在冬夜里吃冰糖芋泥的经历，母亲把煮熟的芋头捣烂，和着冰糖同熬，熬成几近晶蓝的颜色，放在大灶上。就等着我们做完功课，给检查过以后，可以自己到灶上舀一碗热腾腾的芋泥，围在灶边吃。每当知道母亲做了冰糖芋泥，我们一回家便赶着做功课，期待着灶上的一碗点心。

冰糖芋泥只能慢慢地品尝，就是在最冷的冬夜，它的每一口也都是滚烫的。我们一大群兄弟姊妹站立着围在灶边，细细享受母亲精制的芋泥，嬉嬉闹闹，吃完后才满足地回房就寝。

二十几年时光的流转，兄弟姊妹都因成长而星散了，连老家都因盖了新屋而消失无踪，有时候想在大灶边吃一碗冰糖芋泥都已成了奢想。天天吃白米饭，使我想起那段用番薯和芋头堆积起来的成长岁月，想吃去年腌制的萝卜干吗？想吃雨后的油焖笋尖吗？想吃灰烬里的红心番薯吗？想吃冬夜里的冰糖芋泥吗？有时想得不得了，心中徒增一片惆怅，即使真能再制，即使母亲还同样的刻苦，味道总是不如从前了。

我成长的环境是艰困的，因为有母亲的爱，那艰困竟都化成甜美，母亲的爱就表达在那些看起来微不足道的食物里面；一碗冰糖芋泥其实没有什么，但即使看不到芋头，吃在口中，可以简单地分辨出那不是别的东西，而是一种无私的爱，无私的爱在困苦中是最坚强的。它纵然研磨成泥，但每一口都是滚烫的，是甜美的，在我们最初的血管里奔流。

在寒流来袭的台北灯下，我时常想到，如果幼年时代没有吃过母亲的冰糖芋泥，那么我的童年记忆就完全失色了。

我如今能保持乡下孩子恬淡的本性，常能在面对一袋袋知识的番薯和芋头，知所取舍变化，创造出最好的样式，在烦闷发愁时不失去向前的信心，我确信和我童年的生活有着密切的关系。因为母亲的影子在我心里最深刻的角落，永远推动着我。

能断烦恼

自心清净

娘子坑的午宴

　　亲戚的亲戚的亲戚请客，亲戚打电话来相约前往，我说人生地疏路遥，实在不好意思去，但也不免问起是何故请客，在哪里请客。

　　"他们在娘子坑请客，是在山上，种满了茶叶。"听到"娘子坑"这个地名，又有茶叶，我有几分动心了。亲戚又说："是老人家过八十岁生日，儿孙给他做寿。这位年已八十的老人，还腿健目明，爬起山来如履平地呢！"我的心又动了几分。

　　当亲戚说到娘子坑请客的菜式时，我已经铁定要去了。他说："他们请客的猪是自己养的，鸡鸭是自己宰的，蔬菜是自己种的，连烧菜的木柴都是山上砍来的。"加上他们今年的冬茶刚收，新焙完成，那一天又是冷锋逼人，想想到山上喝口新茶热酒也好，当下挂了话筒，驰车出门与亲戚会合，便往娘子坑荡荡而去。

"娘子坑"在生产豆干闻名的大溪镇郊外，从桃园往大溪过了大汉溪桥，往另一个岔路行去。我去过多次大溪，大溪给我的印象是相当繁华的，除了生产百吃不厌的豆干、豆腐乳、笋干等酱罐之外，还有非常高级的红木家具，街上的市容古意盎然，临着大汉溪的"大溪公园"花木扶疏，山水襟带，大概是全省最美的公园之一。总之，大溪是一个有密集格局的小镇。

但是，往娘子坑的路上就和大溪镇完全不同了。在娘子坑的路上，已经完全没有小市镇的影子，两侧都是农田了，屋子也不是两层的石灰洋房，而是坐落在田里的小砖屋了。路是新铺成的，听说这条娘子坑的路是近两年才辟成的，路上可没有一个行人。

为什么这样的地方偏取了一个"娘子坑"的名字呢？我问亲戚，他也说不出个所以然来。他说："有什么关系呢？只要风景好，叫什么名字都是一样的。"

不久，我们转入了一条尚未铺路的小径，车子颠簸前进，两旁都是果园，有橘树、橙子，正红熟挂在树上，有些木瓜园子的木瓜落了一地，另外还有一片香蕉树，长得格外的瘦小。以及一路的菜园，种植了各种青菜，在开垦的地当中有一两处特别曲折的，石头特别多的地还荒废着，开着不知名的野花，与芦絮一起在冷风中摇摆。

路上全是石子，车子碾过，石子跳起打在车底，叮叮咚咚，是一种好听而让人心疼的交响乐。亲戚说："走入这段石头地，就是今天宴客主人的地盘了，他在这座山里开辟了六十年，凡我们所走的路，所看到的果园菜圃，都是他一锄头一锄头打出来的。"听说这座山从前是石头满铺的山，根本

自心清净

不能种作的，现在除了走的路是石头外，已经大部分是良田了。这使我没有见到主人之前，就感到心向往之。

汽车到了山坳口再也不能前进，因为一条路到这里变成阶梯；我们弃车步行登山，顺阶梯而上一直到山顶，种的全是茶叶；这时山风迎袖，一阵清冷。亲戚说山上种的全是好的乌龙茶，我们俯身看着那矮小的茶树，发现有着新采过的痕迹，可以知道这一季的冬茶已经焙过。

转一个弯，红砖的小三合院在阳光下闪亮。主人看见我们，点燃一串长长的鞭炮，炮声在宁静的山谷回响，屋里屋外站满客人，原来，主人过八十大寿宴请八桌，特地从山下请来的厨师已经升火待发。八十岁的寿星从屋前迎来，声音清亮，望之如五十许人；为了宴客，特别穿了全新的蓝衫子，绷得紧紧的，几乎能看到他包裹在衣服里经过长年劳动的肌肉。

"原来是这么盛大的请客呀！"我说。

老寿星笑起来，说明为了这次请客，邀请来大溪、莺歌、三峡一带最好的厨师，因为材料都是山上的出产，厨师们已经在山上住了三天，研究着如何处理那些粗疏的菜色，使它可以上宴席。然后带我们在四周走了一圈，参观他们屋边的猪舍、鸡寮、狗屋，以及种满鸡冠花、圆仔花、金线菊的花园，就请我们在三合院的西厢入座。从西厢门望出去，正好是一片蓝色的天空和青色的山脉，主人养的鸽子早就在天空里飞翔了。几只小狗知道有请客，已在桌下就位，公鸡在院子里骄傲踱步。

上菜了，第一道冷盘是海蜇皮凉拌青木瓜丝，爽脆无比，青木瓜的脆劲犹胜过海蜇，我惊叹地说："这才是真正的山珍海味，没想到青木瓜这么好吃。"主人听我赞赏，允请我回去时在木瓜园子里摘些木瓜回去，他说：

"这木瓜要大到快熟的时候，凉拌才好吃。"

第二道是笋干封肉。听说笋干是去年山上的春笋，主人卖的时候留下那最嫩的一部分，早就预备好今年的寿诞请客的；肉也是上等好肉，是昨天才杀的，整整用笋干封炖了一天一夜；虽是寻常乡菜，由于火候够、材料好，在山风中吃起来，真让平地来的客人差一点吞了碗公。

接着是白切鸡，那鸡是刚生了蛋的小母鸡；是香菇猪肚，香菇是不远处人家烘焙的，朵小而味浓；是白菜卤干，白菜是自家种，未洒过农药的；是乞丐鸡，鸡肚里塞满了香菇和萝卜；是清炒空心菜，空心菜是种在草房的，翠得像玉……主人最遗憾的是，明虾和鳕鱼不是自己生产，听从厨师的建议在山下采买的，怕不是真正山上的口味。

最后一道菜是一个巨大的盘子里摆着十个红龟，上面印了"寿"字，是给客人带回家的；与红龟一起上来的是一道猪脚卤蛋面线，为祝主人高寿不得不吃的，吃完卤蛋，我们几乎已经站不起来了。撤下碗盘，主人要他的曾孙备茶待客，然后带我们去看"茶房"，茶房里用竹篮一层层摆满茶叶，全是分级挑拣，准备送入大铁锅里烘焙。

主人说："烘茶其实和做菜一样，靠的是材料和火候，好的材料如果没有火候，也不会有好茶。"等我们转回厢房，茶已经泡好，我已经不能形容那茶叶的好了。因为那不是茶不茶的问题，而是主人的好客和山上的清气，使我觉得世上再没有一种茶，能比茶农亲手泡的茶更能深深地浸入人的内心。何况那茶又真正是上好的。

喝茶的时候，主人说他有六个子女，孙子曾孙可以塞满一整个客厅，可是长大后，大部分离家星散，认为在山上种茶、种菜、种水果、养鸡、养猪没有前途，各自到山下找前途去了。有些发达起来，想接他们去同住，老人住不惯没有地的房子，吃不惯冰过的食物，还不如留在山上自在；因此如今偌大的庄园和一整个山头只有老夫妇和年过耳顺的大儿子在经营着，几个孙子每每抱怨光是走路去上学，就是一个多小时的路程，想必将来也要到山下去找前途的。这样，娘子坑八十岁老人的语气里不免透露出一种遗世的寂寞。

他感叹地说："我年轻时也是从山下到山上找前途的，前途只是一种生活，生活得适意就是人的前途了。"他抬头望着门外青山，指着他的房子说："你看，这屋子不算大，但也整整盖了六十年。这些地我种了六十年，你们进来的路也开了六十年。"六十年在他的口中只是一朵云飘过，即将飞过那渺不可知的山的另一边。

我们循原路回来的时候，我觉得这种自耕自食皇帝也不及的生活，已经在我们的四周逐渐退去消失，也许再过不久，世界再没有隐居的人，因此老人的音容笑貌竟盖满整个娘子坑——这时我才知道"娘子坑"名字的由来，它在从前，是偏陋荒凉到来此地垦荒的单身汉也讨不到娘子的地方。现在，却是别有天地非人间了。

回家以后，我把从娘子坑带回来的青木瓜刨丝，凉拌海蜇皮，却如何也比不上在山上的味道。这使我迷惘起来，好像青木瓜一离开它娘子坑的土地，也失去了什么，而我如何能把青木瓜调出山上的滋味呢？这是不可能的，因为老人种了六十年才种出来的木瓜，而我只不过在午宴的时候顺手带回来罢了，并没有把整个娘子坑带回来。

自心清净

吴郭鱼与木瓜树

吴郭鱼

十五年没有和哥哥一起去钓鱼了，哥哥说："难得放假，一起去钓鱼吧！"

我们幼时常一同钓鱼，总在屋后竹林中泥泞地面挖一些小红蚯蚓，那是最好的钓饵，有时找不到红蚯蚓，就捞粪坑里的蛆虫洗净，置放在装了米糠的桶中。因此我询问他："我们再也找不到蚯蚓和蛆了，用什么当饵呢？"

"这容易，烤两个番薯就行了，现在去的鱼池，即便使用草根当饵，鱼也会上钩的。"

在我们出发的路上，哥哥告诉我，我们要去的鱼池原是一片稻田，因为种水稻没有收入，农人将之改成鱼池，养殖吴郭鱼，现在吴郭鱼也便宜得不像话，光是养殖及捞取的人工费都赚不回来，如果要填平再种稻更是费神费事，因此鱼池的主人丢下鱼池不知何去，这座鱼池完全被弃置，甚至连钓鱼的人都很少来了。

哥哥说："吴郭鱼是很耐命的，即使没有人养，它们也快速地生长和繁殖，到现在，鱼池里满满的鱼，甩饵下去时都会打到鱼头哩！"哥哥笑起来，"所以我说饵没有关系，这些鱼饿了很久，你随便丢一根草都要抢着吃的。"

这番话对我是最好的安慰，哥哥素来知道我钓鱼技术不甚了了，说话不免夸张，使我钓鱼前产生一点信心。我们提着钓具，从柏油路上转入一条土石满布的产业道路，两旁全是正在蓬勃生长的香蕉树，偶有一些刚插秧过的稻田，还种了柑橘与木瓜。

我们小时常在这一带嬉戏，以前是一望无边的稻田，一直连到远处的小山下，甚至依山而上还有几畦绿色的稻田。现在稻田正日渐退缩，其实也不因为政府鼓励转作，而是在鼓励转作之前，稻米已经无价无市，农人们不得不改植其他作物，转作的作物各自不同，算是在无路里，各自赌赌自己的生计。

产业道路的尽头就是鱼池，主人在平地上原有稻田，山坡上也有稻作，为了转营鱼池，他毁弃了稻田，请挖土机挖成鱼池，就着原来灌溉的小溪蓄水，就那样从农夫变成渔民。"稻子的收入真的那么不堪吗？"我问一直在乡下教书，闲时帮忙耕种的哥哥。他说："讲起来很少人能相信，一亩稻田扣掉开销，只能净赚一万多元，还不如工厂工人一个月的薪水。"

至于鱼池，原本是很好的行业，可惜最近一阵子消费的转向改变，爱吃吴郭鱼的人少了，一般人觉得这种鱼并不高级，听说在乡下市场里，一条鱼还不到十元的价钱。

我们摆好钓具，哥哥说："这些鱼已经很久没有人养了，我用草茎钓给你看。"他随意在池边拔起一株草，折下一段草茎钩在鱼钩上，用力甩下鱼池，落下的草引起池中的鱼一阵骚动，全部蜂拥而来。不到三分钟，哥哥收钓竿，钩上正钓着一条肥厚的吴郭鱼，哥哥说："你看，这鱼饿得太久了。"

"怎么还长这么肥？"我问。

"听说为了加速鱼的生长，他们在鱼池里加激素，现在大概激素还未消失呢！"

我们在鱼池边静默地钓鱼，那鱼是我看过最容易上钩的鱼，连我这多年没拿过钓竿的、常被取笑与鱼无缘的人，也眼睁睁地看着鱼一条一条的上钩，可不知道为什么，心里非但没有钓者那种收获的愉快，反而有一种说不出的哀伤之感。想到这样的一池肥鱼，在物资匮乏的年代实在是求之不得的，二十几年前的乡下，桌上只要有一条鱼下饭，是家庭里一件了不得的大事了。现在连吴郭鱼都没有人要吃，养鱼的人甚至弃养，即是如今，住在都市的人也不能想象如此的景况。

最不堪的是，这鱼池还是从稻田转作的，鱼贱如此，稻米也可想而知，怪不得哥哥每从田中回来，时常感叹地说："以前人说士、农、工、商，这个秩序要重新排列，现在是商、工、士、农了。"

农作的艰辛是历千年来都如此，但农价之贱恐怕是千年所未曾有。我父亲爱说笑，有一次他从花市回来，说："想不到十斤米的价钱才能买一把玫瑰花。"他觉得好笑，我们却都听到笑中有怨怼之意。说花还是远的，一双孩子的小鞋，也是几斤米价。

有时返乡会陪母亲到市场，才发现都市里的菜价远是乡下的数倍，我的伤痛是：如今交通这样便利，为什么都市与乡村的农作物价格有那样大的差距，总想知道那中间的一段差距是怎么来的。乡下的香蕉一斤卖不到一元，在台北市却从未少过十元，难道经过一截高速公路，可以使香蕉成长十倍吗？

钓鱼时想这些，与哥哥也时常讨论，但没有结果。吴郭鱼是无知的，它们频频吃饵上钩，才一个下午的时间，我们整整钓了两大水桶，恐怕有三四十斤。哥哥发愁起来说："这么多鱼怎么吃？"我说："这还不容易，送给亲戚邻居不就好了？"

回到家，我热心地将新鲜的鱼装袋分开，提去送给左邻右舍，才发现表面上他们很是感激，其实每人都面有难色，我也想不出其中道理，后来住我家前面卖衣服的妇人对我说："唉！你送这些鱼给我们添麻烦，这种活鱼在市场里十块钱两条，鱼贩还帮你杀好，去鳞，清理内脏。你送给我们，我还要自己动手杀鱼，我已经好几年没有杀鱼了。"

我坐在小时候写字的书桌前，想到那送鱼的一幕，禁不住心口发烫，好像生病一样，才深深体会到弃鱼池而去的主人真正的心情。

木瓜树

堂哥由于香蕉生产过剩，被运去丢弃的打击，去年狠下心来，把几亩地都改种了木瓜。改种木瓜的理由很简单，因为木瓜与香蕉的生长环境相似，不会因不懂种植而失败，木瓜的瓜价虽然不高，但比香蕉还有一点卖相。

堂哥在农作里已打滚了二十年，种作的技术无话可说，他的矮种木瓜长得出乎意料地好，春天才种的，当年冬天已经果实累累，心里正在高兴木瓜的收成，后来找到收买木瓜的人来估价，才知道高兴得太早。

木瓜一斤，在乡下的田里估到的价格是八毛钱，"八毛钱？"堂哥听到了从椅子上跳起来，他说："现在给孩子一块钱的零用，孩子都不肯收了，因为一块钱根本买不到一粒糖，我的木瓜长这么好，一斤才八毛！你有没有说错？"

买木瓜的人苦笑着说："不是我的价钱低，这是公定价，你觉得太低我也没办法，就找别人来估好了。现在木瓜盛产，你的木瓜如果撑到春天，一斤可能卖到三五元也说不定。"

堂哥说："木瓜已经熟透挂在枝上，怎么可能等到春天？"

然后他另外找人估价，果然八毛是"公定"的价钱，甚至有一位只估了六毛，理由是："现在木瓜大部分得病，根本没人要，如果你不赶快脱手，等传染了病，一毛钱也卖不到。"

堂哥不禁颓丧起来，他算一算，请工人来采，一天的工资是三百五，如果工人一天能摘四百公斤的木瓜，连本钱都收不回来，而能一天采三百公斤的工人也是不多见的。"要自己采嘛！还不如去给人当工人省心。"

他说。

堂哥的木瓜于是注定了它的命运，原封不动地让它在树上腐烂，然后通知亲戚朋友，谁想吃木瓜、卖木瓜，自己到园里去摘，同时也欢迎亲戚朋友通知亲戚朋友，可是木瓜太多了，大部分还是熟透落在地上。

我回乡的时候，听到这个消息，便到堂哥的木瓜园去，随身带了小刀，就坐在木瓜树下饱吃了一顿，那些红肉种木瓜，汁多肉饱，在台北一斤没有二十元是买不到的。我坐着，看落满一地的木瓜，有的已经血肉模糊地烂在地上，有许多木瓜子还长出小小的芽苗，忽然体会了堂哥的心情——听说他已经很久再没有步入木瓜园了，当一个人决定毁弃他辛苦种作的果实，恐怕是不忍心再去面对的。

遇到堂哥的时候，我问他："这些木瓜园以后要怎么处理呢？"他忍不住愤愤："让它去烂吧！我已经没有心情再耕种了，因为不知道要种什么好！"我告诉他台北一斤木瓜二十元，他笑了："木瓜一斤十元的时候，台北是二十元，一斤八毛的时候，台北也是二十元，这是我们农人永远不能理解的事。"

幸好堂哥除了种地，还在一个合作社上班，否则今年生计马上要陷入困境。当天下午，堂哥带我去看一个农人的集市，许多农人用小货车载他们的农作物到市场来叫卖，一个三四斤重的高丽菜是五元，三个十元；一条一斤多重的白萝卜一元，七条五元；还有卖甘蔗的，一捆（大约有二十几株）二十元，三捆五十元；农人们叫得面红耳赤，只差没有落下泪来，至于番薯则是整袋地卖也没人问津，堂哥对我说："在这里，你拿一张一百元的钞票，可以买一车回家，可是一百元在台北只能喝到一杯咖啡，

自心清净

一杯咖啡能买一百株甘蔗，说起来城里的人不会相信。"我想，如果不是亲眼目睹，我也不会相信的。

我问："农人还有什么可以种呢？"

堂哥摇头，黑红的脸上一阵默然，并未回答我的问题，而说："你看我们这个乡下，游手好闲的青年愈来愈多，小流氓简直比农作物长得快，原因不是没有田种，而是没有人肯种田，因为如果去开出租车或到工厂做工，每天都能领工钱。如果种田呢！一年后才有结果，这结果可能一毛钱也赚不到，反而赔了老本。"

我自己在新闻上，有时看到某地某物丰收，常常看到"农业充满光明远景"这样的句子，或者"农民生活显著改善"这样的标题，心中不免一片喜乐，因为我是农村长大的孩子。如今看到真正的农田，其间还只不过十年不常回乡，真不敢相信农业凋敝如此，心里的难过实在难以形容。

十几年前我听过一位教授演讲，讲到农民种地实在只是消遣的副业，因为如果不是消遣，谁能安于一个月只有一两千元的收入时，曾经愤怒地离开演讲会，现在回想起来倒觉得他言之有理——如果不是消遣，谁能种地呢？

写这些的时候，我看到从堂哥木瓜园摘来的硕大木瓜，静静地躺在桌上，它一言不发，在乡间微弱的日光灯下，竟是红艳退去，一片惨白。

我静穆地看着那个木瓜，赫然发现昔时农村夜深的叽叽虫声，现在也一声都听不到了。

自心清浄

白玉盅

在所有的蔬菜里，苦瓜是最美的。

苦瓜外表的美是难以形容的，它晶润透明，在阳光中，仿佛是白玉一般，连它长卵形的疣状突起，都长得那么细致，触摸起来清凉滑润，也是玉的感觉。所以我觉得最能代表苦瓜之美的，是清朝的玉器"白玉苦瓜"，白玉苦瓜是清朝写实性玉雕的代表之作，历来只看到它的雕工之细写实之美，我觉得最动人的是雕这件作品的无名艺匠，他把"白玉"和"苦瓜"作一结合，确实是一个惊人的灵感。

比较起来，虽然"翠玉白菜"的声名远在"白玉苦瓜"之上，但是我认为苦瓜是比白菜更近于玉的质地，不仅是视觉的、触觉的，或者感觉的。

苦瓜俗称"锦荔枝""癞葡萄"，白玉苦瓜表现了形相的美，但是我觉得它还不能完全表现苦瓜的内容以及苦瓜的味觉。苦瓜切开也是美的，它的内部和种子是鲜红色，像是有生命流动的鲜血，有一次我把切开的苦瓜摆在白瓷的盘子里，红白相映，几乎是画笔所无法表达。人站在苦瓜面前，尤其是夏天，心中就漫上一股凉意，那也只是一种感觉而已。

不管苦瓜有多么美丽，它还是用来吃的，如果没有吃过苦瓜，谁也没想到那么美的外表有那么苦的心。我年幼的时候最怕吃苦瓜，因为老使我想起在灶角熬着的中药，总觉得好好的鲜美蔬菜不吃，为何一定要吃那么苦的瓜？偏偏家里就种着几株苦瓜，有时抗议无效，常被妈妈逼着苦着脸吃苦瓜，说是苦瓜可以退火，其实是因为家中的苦瓜生产过剩。

嗜吃苦瓜还是这几年的事，也许是年纪大，经历的苦事一多，苦瓜也不以为苦了；也许是苦瓜的美，让我在吃的时候忘却了它的苦；我想最主要的原因，应该是我发现苦瓜的苦不是涩苦、不是俗苦，而是在苦中自有一种甘味，好像人到中年怀想起少年时代惆怅的往事，苦乐相杂，难以析辨。

苦瓜有很多种吃法，我最喜欢的一种是江浙馆子里的"苦瓜生吃"，把苦瓜切成透明的薄片，沾着酱油、醋和蒜末调成的酱，很奇怪，苦瓜生吃起来是不苦的，而是又香又脆，在满桌的油腻中，它独树一帜，没有一道菜比得上。有一回和画家王蓝一起进餐，他也最嗜苦瓜，一个人可以吃下一大盘，看他吃苦瓜，就像吃糖，一点也不苦。

有一家江浙馆里别出心裁，把这道菜叫作"白玉生吃"，让人想起白玉含在口中的滋味，吃在口里自然想起台北"故宫"的白玉苦瓜，里面充满了美丽的联想。

画家席德进生前也爱吃苦瓜，不但懂吃，自己还能下厨；他最拿手的一道菜是苦瓜灌肉，每次请客都亲自做这道菜，上市场挑选最好的苦瓜，还有上好的腱子肉，把肉细心地捣碎以后，塞在挖空的苦瓜里，要塞到饱满结实，或蒸或煮，别有风味。一次，画家请客，我看到他在厨房里剁肉，小心翼翼塞到苦瓜中去。吃苦瓜灌肉时，真觉得人生的享受无过于此。我们开玩笑地把画家的拿手菜取名为"白玉盅"，如今画家去了，他拿手的白玉盅也随他去了，我好几次吃这道菜，总品不出过去的那种滋味。

苦瓜真是一种奇异的蔬菜，它是最美的和最苦的结合，这种结合恐怕是造物者"美丽的错误"。以前有一种酸酸甜甜的饮料，广告词是"初恋的滋味"，我觉得苦瓜可以说是"失恋的滋味"，恋是美的，失是苦的，可是有恋就有失，有美就有苦，如果一个人不能尝苦，那么也就不能体会到那苦中的美。

我们都是吃过苦瓜的，却少有人看过苦瓜树。去年我在南部，看到一大片苦瓜田里长出累累的苦瓜，农民正在收采，他们把包着苦瓜的纸解开，采摘下来，就像在树上取下一颗颗的白玉。我站在田边，看着挑篮中满满的苦瓜，心中突然感动不已，我想，苦瓜生命里真正的美，是远远比台北"故宫"橱窗里的苦瓜还令人感动的。

我买了一个刚从田里采下的苦瓜，摆在家里，舍不得吃；放置几天以后，苦瓜枯萎了，失去了它白玉般的晶亮与透明，吃起来也丝毫不苦，风味尽失。这使我想起人世间的许多事，美与苦是并生的，人不能只要美而不要苦，那么苦瓜就不能说是美丽的错误，它是人生真实的一个小影。

外祖母手植的莲雾树不在了，我只好把它种在心中，
在这个转变的时代，任何事物只有放在心中最保险。

翡翠莲雾

外祖母家最后的一棵莲雾树,因为院子前面拓宽道路,被工程队砍除了,听说要砍的时候,树上还结满了莲雾。看到哥哥的来信,虽然我没有亲眼见那棵莲雾树倒下,脑中却浮起一幅图像——莲雾树应声而倒,满地青色的莲雾在阳光下乱滚。

从我有记忆开始,外祖母家前就是一个大的果园,种满荔枝、柿子、龙眼、枣子、莲雾等水果,因此暑假的时候,我们最爱住在外祖母家,每天都在果园中追逐嬉戏,爬到树上去摘水果。外祖母逝世很多年了,每次想起她来,自己就仿佛置身在那个果园中,又回到外祖母的怀抱。

记忆中的果园所生产的水果,和现在的水果比较起来是完全不同的,因为都是"土种",大部分是长得细小而有酸味的。柿子比不上现在的肥软多汁，荔枝修长带些酸味，龙眼是小而肉薄，枣子长得还没有现在一半大，一点也比不上现在市场上经过改良的品种。

只有十几株莲雾树是我印象最深的。树上结出的莲雾全是翠绿颜色，果实瘦瘦的，形状有一点像翡翠雕成的铃铛。但那种绿色是淡的，就着阳光，给人透明的感觉。这种土生土长的莲雾汁水虽少，嚼起来却坚实香脆，别有风味。

那十几株绿色莲雾树长得格外粗壮高大，柿子、荔枝树都比不上它，它大到小孩子可以躺在枝丫的权上睡午觉。一串串累累的果实藏在树叶中，有时因颜色相同而难以发现。

不知道绿色的莲雾是何时在市场上消失的。现在的莲雾都是淡红色的品种，肥胖多汁，但不管用什么方法吃它，总觉得好像是水做成的，少了莲雾应该有的气味，尤其是雨季生长的红莲雾几乎是淡而无味的。每次看到红莲雾，我都想起一串串的绿色铃铛，还有在莲雾树上午睡的一段记忆。

由于舅舅们并不是赖那个果园维生，多年来，一直让它任意生长，收成的时候总会送一些给我们家，有时表兄弟上台北，也会带一袋来给我。因此尽管时空流转，我和果园好像还维持着一种情感的牵系，那种感情是难以表白的，它无可置疑地见证我们一些成长的痕迹。

有一年，因为乡道的开辟，莲雾树几乎被砍光了，只留下最靠屋子的一株。外祖母的果园原本是没有路的，后来为探收方便，在两排莲雾树间开了一条脚踏车可以走的路，不久之后，摩托车来了，路又开宽一些，最后汽车来了，两排莲雾首先遭殃，现在单向的汽车道也不足了，最后一株莲雾因而不保。

听说要砍那株莲雾树，方圆几里的人都跑去参观，因为它是附近仅存长绿色果实的莲雾，它的树龄五十几年，也是附近最老的果树了。砍倒一棵莲雾树在道路拓宽时是微不足道的，对我而言，却如同砍除了心中的一片果园。我知道，再也不能吃到那棵树结成的莲雾了。

我的表兄弟，近年来因为纷纷离乡而星散了，家园已不复昔日规模，家前的果园自然日益缩小，现在剩下的，只是几株零散的荔枝、柿子了。

最后一株莲雾树的砍除不只是情伤，也让我想起品种改良的一些问题。现在市场上的所有水果无不是经过品种的改良，我幼年的时候是如何也不能想象现在竟有那么大的荔枝、龙眼、枣子的，然而这些新的品种，有时候味道真是不如从前，翡翠莲雾是最好的例子。

有一回我在市场上买到几条土生的小萝卜，高兴得不得了，因为那些打过激素、施过大量农药与肥料，收成时还经过漂白的大萝卜，只是好看罢了，哪里有小萝卜结实呢，可惜我们生长的是一个快速膨胀的时代，连水果青菜都不能避免膨胀，结果是，品种不断改良，田园风味逐渐丧失，有许多最适合台湾气候和环境的品种也因而灭绝，这是值得担忧的现象。

外祖母手植的莲雾树不在了，我只好把它种在心中，在这个转变的时代，任何事物只有放在心中最保险。我把它种在心灵果园的一角，这样我可以随时采摘，并且时刻记得，在这片土地上曾生长过绿如翡翠的莲雾，是别的品种不能取代的。

自心清净

屋顶上的田园

连续来了几个台风，全台湾又为了菜价的昂贵而沸腾了，我们家是少数不为菜价烦恼的家庭。

今年春天，我坐在屋顶阳台乘凉的时候，看着空荡荡的阳台，心里想："为什么不在阳台上种点东西呢？"我想到居住在乡间的亲戚朋友，每一小片空地也都是尽量地利用，空着三十几坪的阳台岂不是太可惜吗？

于是，我询问太太和孩子的意见，"到底是种花好呢？还是种菜好？"都认为是种菜好，因为花只是用来看的，菜却要吃进肚子里，而台湾的农药问题是如此的可怕。

孩子问我："爸爸，你真的会种菜吗？"

我听了大笑起来，"那是当然的啊！想想老爸是农人子弟，从小什么作物没有种过，区区一点菜算得了什么！"

自己吹嘘半天，却也有一些心虚起来，我的祖父、父亲都是农夫，我小时候虽也有做农事的经验，但我少小离家，那已经是很遥远的事了。

种菜，首先要整地，立刻就面临要在阳台上砌砖围土的事情，这样工程就太浩大了。我和孩子一起讨论："如果我们找来三十个大花盆，每一个盆子栽一种菜，一个月之后，我们每天采收一盆，就会天天有蔬菜吃了。"

我把从前种花的时候弃置的花盆找出来，一共有十八盆，再去花市买了十二个塑胶盆子。泥土是在附近的工地向工地主任要来的废土，种子是托弟媳在乡下的市场买的。没有种过菜的人，一定想不到菜的种子非常便宜，一包才十元，大概可以种一亩地没问题，如果种一盆，种子不到一毛钱。小贩在袋子上都写了菜名，在乡下的菜名和普通话不同，因此搞了半天，才知道"格林菜"是"芥蓝菜"，"汤匙菜"是"青康菜"，"蕹菜"是"空心菜"，"美仔菜"是"莴苣"，那些都是菜长出来后才知道的，其实，所有的青菜都很好吃，种什么菜都是一样的。

我先把工地的废土翻松，在都市里的土地从未种作，地力未曾使用，应该是很肥沃的，所以，种菜的初期，我们可以不使用任何肥料。我已经想好我要用的肥料了，例如洗米的水、煮面的汤、菜叶果皮，以及剩菜残羹等等。

叶菜类的生长速度非常快，从发芽到采收只要三个星期的时间，几乎每天都可以因看到茂盛的生长而感到喜悦。特别是像空心菜、红凤叶、番薯叶，一天就可以长出一寸。

我也决定了采收和浇水的方法。

一般的菜农采收叶菜，为了方便起见，都是整棵从地里拔起，我们在阳台种菜格外艰辛，应该用剪刀来采收，例如摘空心菜，每次只采最嫩的部分，其根茎就会继续生长，隔几天又可以收成了。

浇水呢？曾经自己种菜的弟弟告诉我，如果用自来水来浇灌，不只菜长不好，而且自来水费比菜价还高。我找来一些大桶子放在阳台，以便下雨时可以集水，平常则请太太帮忙收集洗米洗菜的水，甚至洗手洗澡的水，既是用花盆种菜，这样的水量也就够了。

我种的第一批菜快要可以收成的时候，发现菜园来了一些虫、蜗牛、蚱蜢等等小动物，它们对采收我的菜好像更有兴趣、更急切。这使我感到心焦，因为我是不杀生、不使用农药的，把小虫一只一只抓来又耗去了太多的时间。

有一天，一位在阳明山种兰花的朋友来访，我请他参观阳台的菜园。他说他发明了一种农药，就是把辣椒和大蒜一起泡水，一桶水里大约辣椒十条、大蒜十粒，然后装在喷水器里，喷在花盆四周和菜叶上，又卫生无毒又有奇效。

从此，我大约每星期喷一次自制的"农药"，果然再也没有虫害了。

自从我种的菜可以采收之后，每次有朋友来，我都摘菜请客，他们很难相信在阳台可以种出如此甜美的菜。有一位朋友吃了我种的菜，大为感慨："在台北市，大概只有两个大人物自己在屋顶上种菜，一个是王永庆，一个是林清玄。"

我听了大笑，大人物是谈不上，不过吃自己种的青菜确是非常踏实，有成就感。

还有一次，主持"玫瑰之夜"的曾庆瑜小姐来访，看到我种的菜，大为兴奋，摘了一枝红凤菜，也没有清洗，就当场大嚼起来，我想阻止她已经来不及了，如果告诉她农药和肥料的来源，她吃得一定更有"味道"了。

从开始种菜以来，就不再担心菜价的问题了，每当有台风来的时候，我把菜端到避风的墙边，每次也都安然度过，真感觉到微小的事物中也有幸福欢喜。

每天的早晨黄昏，我抽出半个小时来除草、浇水、松土，一方面劳动了久坐的筋骨，一方面也想起从前在乡间耕作的时光，在劳苦之中感觉到生活的踏实。

我常想，地球上的土地是造物者为了生养人类而创造的，如今却有很多人把土地作为占有与幸进的工具，真是辜负土地原有的价值。

想到在东京银座有块土地的日本人，却拿来种稻子，许多人为他不把土地盖成昂贵的楼房，而种粗贱的稻米感到不可思议，那是因为人已经日渐忘记土地的意义了，东京银座那充满铜臭的土地还可以生长稻子，不是值得欢喜雀跃的事吗？

我在阳台上种菜是不得已的，但愿有一天能把菜种在真正的土地上。

能断烦恼

我们所经历过的美好事物，其实都被卷存典藏着，
一旦打开了，就从记忆中遥不可知的角落飘回来。

生活的回香

我们所经历过的美好事物，其实都被卷存典藏着，一旦打开了，就从记忆中遥不可知的角落飘回来。

朋友来接我到基隆演讲，由于演讲时间定在下午一点，我们都来不及吃饭。"我们到极乐寺吃饭吧！寺庙的饭菜最好吃、最卫生，师父也最亲切。"朋友说。

我说："这样不好意思吧。"

朋友说："不会，不会，我在极乐寺做义工很多年了，与师父们很熟，只要寺里的师父有事叫我，我都义不容辞，偶尔去叨扰一顿斋饭，不要紧的。何况帮我们开车的师兄也是寺里的长期义工呢！"

于是，朋友用行动电话通知寺里的知客师父：我们一共有三人，大约二十分钟到极乐寺，请师父准备素斋一席。

等我们到极乐寺，热腾腾七道素菜已经准备好了，我们没什么客套，坐下就吃。

佛光山派下寺院的素菜好吃是远近驰名的，那是因为星云大师对素菜很内行，加上典座师父个个巧手慧心的缘故。但是今天有一道菜还是令我大感意外，就是师父炒了一大盘的茴香。

茴香是我在南部家乡常吃的青菜，在我们乡下称之为"客家人的芫荽"，因为客家人喜以茴香做菜之故。自从到台北就再也没吃过茴香了，如今见到茴香的样子，闻到茴香的气味，竟有说不出的感动。

一般人都知道茴香的种子可以作香料、作卤味，却很少人知道茴香的叶子做菜是人间之际的美味。茴香是多年生草本植物，可以长到与人等高，它的叶片巨大，散开成丝状，就仿佛是空中爆开的烟火。

茴香从根、茎、叶、花到种子都有浓烈的香气，食用的时候采其嫩叶，或炒成青菜，或做汤的香菜，或沾面粉油炸成饼，都会令人吃过即永不能忘。

在寺庙吃饭，不事交谈，因此我独自细细品味茴香的滋味，好像回到了童年。每当母亲炒茴香的时候，茴香的香气就会从灶间飘过厅堂、飞过庭院、飞进我们写字的北边厢房。

童年的时光不再，茴香的气息也逐渐淡了，万万想不到在极乐寺偶然的午斋，还能吃到淡忘的童年之味。我曾经走入盛开着小黄花的茴香田里，对着那漫天飞舞的黄花绿叶，深深地呼吸，妄图把茴香的香气储存在胸臆。此刻，那储藏的香气整片被唤醒了。

生活不也是如此吗？我们所经历过的美好事物，其实都是永不失去的，只是被卷存典藏着，一旦打开了，就会在记忆中回香，从遥远不可知的角落飘回来。

我们生命里，早就种了许多"回香"，等待因缘的摘取吧。

我们没什么客套，吃完对师父合十致谢，就走了。

知客师父送我们到前廊，合掌道别说："以后有什么需要，尽管到寺里来。"

在奔赴演讲场地的路上，我的心里有被熨平的感觉，不只是寺里的茴香菜产生的作用，那样清澈的人与人之间的情谊更使我动容。

其实，处处都有茴香。

能
断
烦
恼

食家笔记

长板条上

所有的日本料理店，靠近师傅料理台一定有一个用木板钉成的长板条，这板条旁边的椅子一般人不肯去坐，原因无它，只是不够气派。在台湾，日本料理店生意最好的是在房间，其次是桌子，最后才是围着师傅的板条；在日本是反其道而行，最好的是板条边。

吃日本料理，当然不得不相信日本人的方式。这个长板条之所以受人喜欢，是日本人去喝酒大部分是小酌而不是大宴，一个人坐在长板条边是最自在的。

如果你要吃好东西，也只有在长板条上。因为坐在长板条边，马上就靠近师傅，日久熟识互相询问家常，师傅边谈话边会在他身边抓一些东西请你，像毛豆、黄瓜、酱萝卜、生芹、菜包、芝麻之属，有时候甚至挖一勺刚做好的鱼子给你，或者把切剩最好的一条鱼肚子推到面前，向你说："傻必是啦！①"

坐长板条的客人通常不是寻常客人，都是嗜好生鱼的，那么师傅会告诉你，今天什么鱼好、什么鱼坏，并非他故意去买坏鱼，是鱼市场的鱼货，今日有些不甚高明，然后会说："今天有一种好鱼，我切给您试试。"等你吃完满意了，他才切上算账的来，而你不要小看那一片试吃的鱼片，料理店的一片好鱼，通常吃一口要一百元。

长板条是最能学吃日本料理的地方，因为所有的东西都摆在面前，有许多选择的机会，如果坐在房间里的客人，吃一辈子日本料理，可能许多海鲜见都没有见过。

长板条上也是最有人情味的地方，只要坐在长板条边，总不会吃得太坏，中国人说"见面三分情"，大师傅就在面前，总不好意思弄一些差的东西给你。而且师傅无形中聊起日本料理的种种，自然就是在传法给客人了，最最重要的是，如果是熟客人，价钱总会算得便宜一些，因为在日本料理店中，每张桌子都由服务生开单，唯有在长板条上是"自由心证"，全权由师傅掌握，熟人好说话，一定比房间里便宜多多。

在日本一些专卖生鱼和寿司的店，有时没有桌子，只有板条四桌围绕，师傅们则站在里面服务，一个师傅平常就照顾五张椅子，有那相熟的客人往往不仅认店，还要认师傅，这时不仅手艺比高下，连亲切都要一比，因

---

① 编注：应为作者模仿的日语发音。

而店中气氛融洽，比其他日本料理店要吵闹得多。

由于日本人生鱼生虾吃得厉害，所以卫生新鲜要格外讲究，听说要是在日本吃料理中了毒，可以向店里控告，赔偿起来不得了，而坐在长板条上不但可以控告店里，连认得的师傅都可以告进官里去。因此师傅们无不戒慎恐惧，害怕丢了饭碗，消费者得以安心大啖其生猛海鲜。

我过去不觉得日本料理有什么惊人之处，有一回和摄影家柯锡杰去吃日本料理，第一次坐在长板条上。老柯与师傅相熟，大显身手叫了许多平日不易吃到的东西，而且有大部分是赠送的，这时始知吃日式料理也有大学问，老柯说："日本料理的师傅也是人，有荣誉心，如果遇到一位好的吃家，他恨不得自己的肚子都切下来给你下酒，谁还在乎那区区几个钱呢？"

柯锡杰早年留学日本，吃日本菜是第一流的高手，但是他说："不管吃什么菜，认识大师傅是必要条件，中国菜里也是一样的吧！菜里无非人情，大师傅吩咐一声，胜过千军万马。我早年在美国当厨子，自己发明一道烤鸡，名称就叫'柯氏鸡'，与'麻婆豆腐'一样，以人名取胜，结果大家都爱吃这道菜，不一定是菜有什么高明，是他们认识了柯氏，在人情上，总要试试柯氏鸡的滋味吧！"

这使我想起另一位吃家欧豪年。欧豪年每次在餐馆请客，一定提前半个小时前往，我觉得奇怪，不免问他，他说："主要是先来挑鱼，同样的鱼只要大小不同就味道差很多，像青衣石斑之属，一斤左右的最好，太小的肉烂，太大的肉老。其次是先和师傅打个招呼，他就会特别留意，做出真正的好菜来，就说蒸鱼好了，火候最重要，要蒸到完全熟了可是还有一点点肉粘在骨头，那个节骨眼上，只有一秒钟的时间。"

中国人吃饭挑师傅相熟的馆子，和日本人在长板条上挑师傅一样，是人情味的表现。我曾在一家日本料理店看一个日本人在长板条上，每吃一片生鱼就喝一杯清酒，一边和师傅聊天，最后竟然大醉高歌而归，那时我想：使他醉的不一定是清酒，说不定是那个师傅！

梁妹

新加坡朋友何振亚颇有一点财富，待人热忱，我在新加坡旅行时住在他家，他最让人羡慕的不是他的有钱，而是他有个好厨子。

何振亚的厨子是马来西亚籍的广东人，是个单身女郎，她身材高大，眉清目秀，年约三十余岁，等闲看不出她有什么好手艺，但她是那种天生会做菜的人。

这梁妹不像一般佣人要做很多事，她主要的工作就是做做三餐。我住在何家，第一天早上起床，早餐是西式的，两个荷包蛋，两根香肠，一杯咖啡，一杯牛奶、果汁。奇的是她的做法是中式的，蛋煎两面，两面皆为蛋白包住，却透明如看见蛋黄——这才是中国式的"荷包蛋"，不是西式的一面蛋——而那德国香肠是梁妹自灌的，有中西合璧的美味。

正吃早餐的时候，何振亚说："你不要小看了这鸡蛋，你看这鸡蛋接近完全的圆形，火候恰到好处，这不是技术问题。梁妹是个律己极严的厨师，她煎蛋的时候只要蛋有一点歪，就自己吃掉，不肯端上桌，一定要煎到正圆形，毫无瑕疵才肯拿出来。我起初不能适应她的方式，现在久了反而欣赏她的态度，她简直不是厨子，是个艺术家嘛！"

梁妹犹不仅此也，她家常做一道糖醋高丽菜，假如没有上好的镇江醋，她是拒绝做的，而且一粒高丽菜，叶子大部分要切去丢掉，只留下靠菜梗部分又厚实又坚硬的部分，切成正方形（每一个方形一样大，两寸见方），炒出来的高丽菜透明有如白玉，嚼在口中清脆作响，真是从寻常菜肴中见出功夫，那么可想而知做大菜时她的用心。有一回何振亚请酒席，梁妹整整忙了一天，每道菜都好吃到让人嚼到舌头。

其中一道叉烧，最令我记忆深刻，端上来时热腾腾的，外皮甚脆，嚼之作声，而内部却是细嫩无比。梁妹说："你要测验广东馆子的师傅行不行，不必吃别的菜，叫一客叉烧来吃马上可以打分数，对广东人来说，叉烧是最基本的功夫。"

梁妹来自马来西亚乡下，未受过什么教育，我和她聊天时忍不住问起她烹饪的事，她说是自己有兴趣于做菜，觉得煎一枚好蛋也是令人快乐的事。

"怎么样做到这么好？"

"一道做过的菜不要去重复它，第二次重新做同一道菜，我就想，怎么样改变一些佐料，或者改变一点方法，能使它吃起来不同于第一次，而且企图做得更好一点，到最后不就做得很好了吗？"

我在何家住了一星期，只觉得有个好厨子是人生一快，后来新加坡的事多已淡忘，唯独梁妹的菜印象至为深刻。我不禁想起以前的法国大臣Talleyrand奉派到维也纳开会，路易十八问他最需要什么，他说："祈皇上赐臣一御厨。"因为对法国人来说没有好的厨子，外交就免谈了。

以前袁枚家的厨子王小余说："作厨如作医，以吾一心诊百物之宜。"又说，"能大而不能小者，气粗也。能啬而不能华者，才弱也。且味固不在大小华畜间也。能则一芹一菹皆珍怪，不能则黄雀鲊三楹无益也。"真是精论，一个好厨子做的芹菜绝对胜过坏厨子做的熊掌。

做一个好厨子的条件是怎样的呢？

美国玄学大师华特（Alan Watts）说："杀一只鸡而没有能力将之烹好，那只鸡是白死了。"

法国人爱调戏人，他们常问的话是："你会写文章，会画图作雕刻，你好像什么都有一手，且慢，你会烧菜吗？"呀哈！如果你只会写文章，不会烧菜，只能算是"作家"，不能算是"艺术家"，骄傲的法国人眼中，如果你不会烧菜，最少也要具有好舌头，否则真是不足论了。

得过最高荣誉勋章的法国大厨波古氏（Bocuse）说过："发现一款新菜，比发现一颗新星，对人类的幸福有更大的贡献。"

诚不谬哉！

响螺火锅

在纽约旅行的时候，有一天雕刻家钟庆煌在家里请吃火锅，约来了纽约的各路英雄好汉，有画家姚庆章、杨炽宏、司徒强、卓有瑞，摄影家柯锡杰，舞蹈家江青，作家张北海。

那一天之所以值得一记，是因为钟庆煌准备了难得吃到的响螺火锅。响螺是电影中常见海盗用来吹号的那种螺，体型十分巨大，吃起来颇费时，故一般西方人很少食用，在纽约只有中国城有得卖。

钟庆煌说，他为了准备这响螺火锅已整整忙了一天，一早就走路到中国城挑选合适的响螺，由于响螺壳坚硬无比，必须用榔头敲开，敲开之后只取用其前半部（像吃蜗牛一样，前半部才是上品）。取下后切片也不易，因响螺肉韧，必须用又利又薄的牛排刀才能切成薄片，要切得很薄很薄，否则就不能吃火锅了。

听钟庆煌这样一说，大家都颇为感动，而且听说一般馆子吃响螺不是用焖就是用炖的，用来吃火锅还是钟庆煌的发现。

那一次吃响螺片火锅滋味难忘，因肉质鲜美，经滚水烫过有一股韧劲和脆劲，吃起来有点像新鲜的鲍鱼片，但比鲍鱼更有劲道，而且响螺肉有点透明感，真是人间美味。吃涮响螺片时我才发现，如果真有至味，不一定要依赖厨子，然后火候仍是不可忽视的，透明的螺片下锅转白时即捞起，否则就太老了。

回台北后，吃火锅时常想起雕刻家亲手拿榔头敲开的响螺火锅，可惜找不到响螺，后来在南门市场一家卖海鲜的摊子找到了响螺，体积比美国的小得多，要价一两十五元，摊贩说是澎湖的响螺，滋味比美国的好，因为美国的长得太大了，肉质较硬。

带一些回来试做，才发现不然，因美国响螺大，切片后吃火锅较适合，澎湖的嫌小了一些。后来我想了很久，用一个新的方法做，先炖鸡一只，得汤一碗，再用鸡汤煨响螺片约十分钟，味道鲜美无比。

现在台北的馆子里也开始做响螺，尤其广东馆子最多，通常也是用鸡汤煨，再焖一些青菜进去，是正统的吃法；另有一法是将螺肉挖出剁碎，和一些碎肉虾泥再塞回螺壳中蒸熟，摆在盘子里非常壮观，可惜风味尽失。这使我想到生猛的海鲜本身的味道已经各擅胜场，纯味最上，配味次之，像什么虾球、花枝丸、蚵卷、蟹饺等等都是等而下之了。

画家席德进生前也是有名的吃家，他就从不吃虾球之属，理由之一是：谁知道那是什么做的。理由之二是：即使用虾也不会用好虾，好好的虾干吗炸虾球？——真是妙见，把新鲜响螺剁碎了，简直是暴殄天物。

但这也不是绝对的，做汤的时候，用一个响螺同做，味道就完全不同。问题是，这时的响螺肉就不能吃了——这似乎是吃家的原则之一，你有一种东西只能选择一种吃法，不能又要喝汤又要吃肉。

荷叶的滋味

在台北的四川馆子和江浙馆子里，常常有一道菜叫"荷叶排骨"，荷叶排骨就是用荷叶包排骨到大锅里去蒸，通常要选肥瘦参半的肉排，因为太瘦了用荷叶蒸过会涩口，肥则不忌。

用荷叶蒸排骨实在是大学问，也是大发明。由于火蒸之后，荷叶的香气穿进排骨，而排骨的油腻则被香气逼了出来，两者有了巧妙的结合，是锡箔排骨远远不及的。广东馆子用荷叶包糯米团，糯米中可有各种变化，咸者可以包肉，甜的可以包芝麻或豆沙，不管做什么，都非常鲜美，真是把荷叶用到出神入化的地步。

使用荷叶也是大的学问，一家馆子的师傅告诉我，包荷叶只能取用质软的一部分，靠茎的部分则不能用。而且荷叶刚采时并不能用，易于断裂，须放置一日，叶已软而不失其青翠，放置过久的荷叶一下锅蒸出来就乌黑了。

荷叶在中国菜里使用并不广，记得台湾乡下有一种"荷叶粿"，是用荷叶包粿，有咸甜各味，一打开荷香四溢。我幼年时代有一位三姑妈擅做这种荷叶粿，但姑妈去世后，我已多年未尝此味，只是一想起，荷叶仍然扑鼻而香。

植物的叶子在中国菜中是配味，不论怎么配，确实可以改变味道，如同端午节使用的粽叶。在乡下，光是粽叶的价钱就有好多种，好的粽叶做出来的粽子就是不一样。嘉义以南，有许多人包粽子用大的竹叶，味道又不同了，它没有用粽叶浓香，格外带一点清气，和荷叶粿有点相似。

台湾乡人节省，有的家庭把吃剩的粽叶洗净、晾干，第二年再来使用，这时包的虽是粽子，殊不知风味已经尽失了。这与台北一般大馆子做鸽松，小馆子做蒸饭，常使用到竹筒，但那竹筒一用再用，早就毫无滋味，那么，用竹筒和用别的容器又有何不同呢？

台北苏杭馆子里，信义路有一家的包子做得有名，包子倒无特殊之处，只是它蒸的时候笼子里铺了干草，这一出笼时就完全不同了，和荷叶排骨一样，它把包子的油蒸了出来，却又表现了包子的精华。唯一遗憾的是，那些干草并不是用一次就算，失去了发明时的原意。

中国菜里讲究的火功，到细微处，菜肴身边的配置十分重要，荷叶是其明显的一端。古时不用瓦斯，光是木炭都有讲究，喝茶时用松枝烹茶，松树之香气会穿壶入水，称之为"松枝茶"。我童年的时候，母亲常用蔗叶煮饭烧茶，做出来的饭，泡出来的茶都有甜气，始知小如叶片，也有大的用途。

荷叶的滋味甚好，使人想起中国菜实是中国文化的表现，荷叶固可以入诗入画，同时也能入菜，入菜非但不会使荷叶俗去，反而提高了一道菜的境界，只是想到荷叶难求，心中未免怏怏。

在乡下，使用荷叶原不是有特别的妙见，而是就地取材，记得我的姑妈当年包"荷叶粿"时，并非四时均有荷叶可用，有时也取芋叶或香蕉叶代之，那时每次使用别的叶子，姑妈总爱感叹："这芋叶、香蕉叶蒸的粿，怎么吃总是比不上荷叶，少了那一点香气。"

如今想起来，只是习惯造成的感觉，芋叶有芋叶的好，蕉叶也有蕉叶之香，我倒是觉得说不定连梧桐叶都可以做排骨呢！

新加坡、马来西亚、印度尼西亚、印度一带，人民就擅于使用树叶，路边小摊常有各种树叶包着的东西，卖的时候放在火上一烤即成，我在当地旅行时，爱在路边吃这些东西，发现不只是肉，连鱼虾都包在叶子里烤，这样烤的好处是水分保留在叶子里，不失去原味，而且不会把东西烤坏。

中国菜使用叶子，通常用的是蒸，适于大馆子。说不定还可以发展烤的空间，让升斗小民也能尝到荷叶的滋味！

张东官与麦当劳

近读《紫禁城秘谭》，里面写到清朝最好吃的皇帝是乾隆，而乾隆最爱吃的是江苏菜，万寿节及其他节日常开"苏宴"，当时御厨里的苏州厨役有张东官、赵玉贵、吴进朝诸人，他常吃的菜有"燕窝黄焖鸭子炖面筋""燕窝红白鸭子筋炖豆腐""冬笋大炒鸡炖面筋""燕窝秋梨鸭子热锅""大杂烩""葱椒羊肉"等等。

但是，到了张东官出现以后，其他苏州厨子则黯然失色，张东官可以说是清朝风头最健的人物。

当时乾隆皇帝到处巡狩，各地大臣为了讨好皇上，到处去访寻庖厨名手，张东官就是长芦盐政西宁出重金礼聘自苏州。乾隆三十六年二月，皇帝出巡山东，西宁进张东官进菜四品，其中有一品是"冬笋炒鸡"，很合皇帝口味，吃完以后，皇帝赏给张东官一两重的银锭两个，此后，皇帝每吃一次张东官的菜就赏银二两，一直到三月底回京。

乾隆四十三年，皇帝再次出巡盛京，传张东官随营做厨，七月二十二日张东官做了一品"猪肉馅馄饨"，晚上又做"鸡丝肉丝油煸白菜一品""燕窝肥鸡丝一品""猪肉馅煎黏团一品"，极为称旨，吃完后，皇帝赏银二两。

不久之后，张东官时常做菜进旨，如"豆豉炒豆腐""糖醋樱桃肉"，又做"苏造肉、苏造鸡、苏造肘子"，这段时间，皇帝时常赏赐，记载上赏过"熏貂帽檐一副""小卷缎匹""大卷五丝缎一匹"，可见皇帝对一个好厨子的礼遇。

乾隆四十六年二月，张东官正式入宫当御厨，官居七品，更得皇帝的宠爱，《紫禁城秘谭》写到张东官的最后一段是：

"乾隆四十八年正月初二日晚膳，张东官做'燕窝脍五香鸭子热锅一品''燕窝肥鸡雏野鸡热锅一品'，尤称旨，屈指初承恩眷，至是匆匆十二年矣！"

张东官大概是清朝最后一位最有名的厨子，从皇帝对他的赏赐，别人对他的敬爱有加，可以知道一名好厨子是多么难求，好厨子就如同艺术家，原不必来自宫廷，民间也自有奇葩。我看了张东官十分传奇的历程，以及他做给乾隆吃的一些菜名，真觉得上好的烹调是一菜难求。

就说一道"豆豉炒豆腐"，"不知用何种配料，就膳档规之，帝殊嗜爱。"豆豉和豆腐都是民间之物，任何乡下村妇都能做这道菜，可是张东官的火候却可以惊动皇上，一定是厨之外还有艺。

"厨之外有艺"是中国菜的传统，不但要在味道上讲求，在颜色上讲究，甚至在名字上也都别出心裁，犹如新诗创作。看到好的名字、好的味道、好的颜色，忍不住会从人的喉头伸出一只手来。

说到厨子，有一回叙香园的老板请吃饭，把他们馆子里大部分的菜全端出来，一共二十四道，品品都是好菜，叫人吃了仰天长啸，我问杨先生："你们馆子里有多少名菜呢？"

"大致就是你吃的这些了，一个饭店里只要有二十道菜就是不得了的，要知道一般小馆只要有一道招牌好菜也就不容易了。"

然后我们谈到厨子，杨先生觉得好的厨子是天才人物，不是训练可以得致，因为好厨子的徒弟总是不少，但成大厨的永远是少数的少数，没有一点天生的根器是不成的。厨艺又和艺术相通，所以一般艺术家自己都能发明出几道好菜来。

我问到一个俗气的问题："那么一个好厨子目前的薪水多少呢？"杨先生说那得要看他的号召力，像叙香园的大厨，一个月的薪水是三十万新台币，比起一家大公司的总经理毫不逊色。

我想到三十万台币是十几两黄金，那么现代大厨的待遇恐怕远超过乾隆皇的御厨张东官了。可是一个名厨足以决定一家饭店的成败，三十万也实在是合理的待遇，你看台北的馆子何止千百，能打出大师傅招牌的却没有几个。

看完《紫禁城秘谭》，我到台大附近去买书，发现台大侧门对面也开了一家麦当劳，门口大排长龙，心中真是无限感叹，中国这样优秀的饮食传统恐怕有一天要被机器完全取代了。将来如果我们要找名厨，真只有到典籍去找了。

我们当然不必一定吃张东官的好菜，但是，能把豆豉炒豆腐做好的厨子，现在还剩几个呢？

吃客素描

我有一个朋友陈瑞献，是新加坡、马来西亚一带有名的艺术家，同时是有名的吃家，他以前在《南洋商报》上写吃的专栏，十分叫座，对吃东西之讲究罕有其匹。

瑞献和现在台湾"法国文化中心"主任戴文治是黄金拍档，两人时常一起到世界各国去大吃，事后互相研究讨论。在吃这一方面，配合得像他们这样好的也很少见。

说到他们两人的相识也是奇遇，戴文治到台湾以前是法国驻新加坡的大使，陈瑞献正好是驻新加坡法国大使馆的秘书，本是主属关系，由于两人都好吃并且酷爱艺术，竟成好友，交相莫逆，以兄弟相待。

这两个吃家好吃到什么程度呢？陈瑞献常说："人生有四件大事，除了吃以外，其他三件我已忘记。"他们是那种有了好吃的东西可以丢掉其他三件的人。瑞献每天除了吃好吃的东西，生活几乎是邋遢的，衣着方面，他虽在大使馆上班，终年穿着短裤、拖鞋到办公室，由于他名气太大，久之大家也习以为常。在住的方面，他住的地方对面就是新加坡有名的绿灯户，是黑社会争取的地盘，虽是两层洋楼，家中堆满零乱的字画，找个能坐的地方都感到困难。在行的方面，他开着大使馆所有的一部福特跑车，车龄已有六七年历史，他开到哪里停哪里，由于挂着使馆牌，即使在管理严格的新加坡也享有特权，他那部车是新加坡少数有名的"大牌"之一，车子够老，牌子够硬。

瑞献书画、文章、金石都是绝活，除了这些，对他最重要的大概就是吃了。

有一年，瑞献因公来台北，我说是不是可以看看他的行程，他把纸拿出来，里面几乎没有行程，只写了三餐用餐的地点，和吃些什么菜。

"这就是你的行程吗？"我说。

"是呀！有什么比吃更重要呢？"

他说出外游山玩水固好，但对他们这种经常世界各处跑的人已没有什么意义，吃吃好东西才是最实在的。我看他的"行程表"（就是吃程表）中有一天中午空白，表示我要做东，那时我正想去法国，在办理赴法签证，大权在戴文治手中，便约戴文治一同前往。

当时在戴文治家中，瑞献指着戴文治对我说："你请他吃饭可要当心，要是吃到什么难吃的菜，你的法国签证就泡汤了，假如吃到好菜，说不定给你一张法国护照。"

三人哈哈大笑，戴文治补充说明："我的权力没有那么大，最长只能给你签六个月。"

"当然，如果不给你签，你这辈子别想去法国了。"瑞献爱开玩笑，"完全就看你怎么安排了。"

兹事体大，当下三人摊开吃的地图（戴文治家中有一本专门记载台北馆子的书籍，有图表）研究，我从罗斯福路、和平东路、信义路、仁爱路、忠孝东路一路问下来，大部分有名的馆子他们都吃过了，这使我大吃一惊，因为台北爱吃的人虽多，吃得这么全的也算少见。

后来我卖了一个关子，说："这样好了，明日午时就在法国文化中心集合，我带你们去吃，但先不说吃的地点和吃些什么。"两人相视一笑，点头答应。

第二天，我带他们到仁爱路的"吃客"去吃，果然他们没有吃过，大为惊奇，台北居然有他们没吃过的馆子。我叫了一些普通的菜，记得是咸猪脚、风鸡、醉虾、干丝牛肉、吃客鲳鱼、炒年糕、黄鱼羹、香菇鸭舌汤，每出来一道菜都叫他们舌头打结；事实并不是菜烧得多了不起，只是吃客猪脚、风鸡、醉虾对初尝的人确是异味，而黄鱼羹之鲜美，香菇鸭舌汤以五十只鸭舌做成，都是富有舌头震撼力的。

吃完后叫了一客豆沙锅饼，一客芝麻糊，吃得两位名吃客啧啧称奇。

结束之后，我问戴文治："味道如何？"

"六个月，六个月。"戴忙着说，意即我的法国签证，他可以给我签最长的时间。

"这样棒的一顿饭才值六个月吗？"瑞献打趣说，我们不禁拍案大笑。

这时我才透露了为什么选"吃客"的原因，因为在戴文治的"秘籍"中并没有吃客的记载，胜算很大。我们谈到，选择馆子事实上没有叫菜重要，因为每一个馆子的师傅总有一两道"招牌好菜"，有时一家馆子就靠一道菜撑着，如果去吃馆子不知道叫菜如同盲人骑马，只知有马，不知马瞎，真是太可怕了。

自心清净

好菜的功能之大甚至影响到法国签证呢！可不慎哉！

后来我到新加坡，瑞献一来就为我开了一张食单，每天让我早、午餐自便，晚餐如果没有特别应酬，则听他安排；他找到的菜馆不论大小，菜都是第一流的，即使是路边小摊吃海鲜，他也都能找到又新鲜又好吃的地方。——这真是食家本色，好的食家是不摆排场、不充阔佬的，一万块吃到好菜不是本事，一千块吃到好菜才是本事；能吃海鲜不是本事，要便宜吃到好海鲜才是本事；知道名菜名厨不是本事，连街边小摊都了然于胸才是本事。

有瑞献带路去吃，差一些把我的舌头忘在新加坡。

最遗憾的是，瑞献为我排了一餐俄国菜、一餐印度菜，由于那两天都有朋友的应酬，因而分别在江浙馆和广东茶楼吃饭，至今引为憾事。瑞献表现在吃的兴趣是令人吃惊的，他不但餐餐陪我们吃，毫无倦容，而且吃得比我们还有味。有一回吃潮州菜，我看他吃得趣味盎然，忍不住问他："你吃过这么多次，还觉好吃吗？"

他正色道："好的菜就是你吃几十次也不会腻的，就像一幅好的画挂在家中三五年，你何尝厌倦？"

他继续说："吃好菜的时候总要把心情回到最初，好像是第一次品尝，让味蕾含苞待放，这就像和情人接吻，如果真爱那情人，不管接多少次吻都有不同的滋味，真正的吃家对待食物要像对待情人。"

他告诉我，有一次他和戴文治在法国吃鸡肉，戴文治在一食三叹之后求见厨师，当那顶白高帽在厨房门口出现，戴文治自动站起来，先向厨师致敬，再与他交谈。他说："事后，戴文治对我说，他敬爱厨师，一如敬爱情人；对于那些失去做爱能力的人，佳肴是最好的补偿。"

瑞献常说："不惜工本以快朵颐是食家本色。"又说："让蠢人错把你当白痴者，是一流食家的逸乐。"又说："品味如品画，厨者所以是画人。"他为了吃，有时甚至是疯狂的。

举例来说，一九八一年大陆出来一个"锦江华筵访问团"，整个锦江师傅坐专机到新加坡，包括锅铲、碗筷、重要材料全是专机空运。锦江师傅在玻璃屋内做菜，吃客可以在外面观察他们的做法、刀功等等，从切菜、炒煮，到端盘出来一目了然。在新加坡来说，是难得的机会。

然而一桌菜叫价一万新币（合二十万台币），瑞献兴起了吃的念头，他的妻子小菲极力反对，因为一万新币不是小数目，后来瑞献想了个变通的办法，就是邀集十位朋友，一人出一千新币（合两万台币），一起去吃锦江华筵，分摊起来负担就小了。

小菲仍不赞成，觉得花一千新币吃一餐也不可思议，但瑞献对她说："你让我去吃这一餐，你只是心痛一阵子，如果你不让我去吃这一餐，我会遗憾一辈子。"他们伉俪情深，小菲只好节省用度，让他好好地吃一餐。事后他告诉我："真是值回票价！"小菲则对我说："幸好给他去吃，否则真会怨我一辈子，他吃了那顿饭，回来整整说了一个月。"

我和瑞献已有三年未见，但每次吃到好菜总不自觉想起他来，因为在这个世界上人莫不饮食，豪侈暴发之辈奇多，一掷万金者也所在多有，但鲜有能知味之人，知味是多么不易呀！

我们的通信开头总是："最近在××路发现××馆子，拿手好菜是……，味道……"结尾则是："几时来这里，一起去大吃一顿吧！"

知味不易，人生得知味之知己，是多么难呀！

Part 2
随心随缘，欢喜度日

在我们不可把捉的尘世的命运中，我们不要管无情的背弃，我们不要管苦痛的创痕，只要维持一瓣香，在长夜的孤灯下，可以从陋室里的胸中散发出来，也就够了。

生平一瓣香

你提到我们少年时代，常坐在淡水河口看夕阳斜落，然后月亮自水面冉冉上升的景况，你说："我们常边饮酒边赋歌，边看月亮从水面浮起，把月光与月影投射在河上，水的波浪常把月色拉长又挤扁，当时只是觉得有趣，甚至痴迷得醉了。没想到去国多年，有一次在密西西比河水中观月，与我们的年少时光相叠，故国山川真如水中之月、镜中之花，被挤扁又拉长，最后连年轻的岁月也成为镜花水月了。"

这许多感怀，使你在密西西比河河畔因而为之动容落泪，我读了以后也是心有戚戚。才是一转眼间，我们竟已度过几次爱情的水月镜花，也度过不少挤扁又拉长的人世浮嚣了。

还记否？当年我们在木栅的小木屋里临墙赋诗，我的木屋中四壁萧然，写满了朋友们题的字句，而门上匾额写的是一首"困龙吟"。有一次夜深了，我在小灯下读钱钟书的《谈艺录》，窗外月光正照在小湖上，远听蛙鸣，我把书里的两段话用毛笔写在墙上：

水月镜花，固可见而不可提，然必有此水而后月可印潭；有此镜而后花可映面。

水与镜也，兴象风神，月与花也，必水澄镜朗，然后花月宛然。

那时我是相当穷困，住在两坪大只有一个书桌的小屋，我唯一的财产是满屋的书以及爱情。可是我是富足的，当我推开窗子，一棵大榕树面窗而立，树下是植满了荷花的小湖，附近人家都是那么亲善，有时候，我为了送女友一串风铃到处告贷，以书果腹，你带酒和琴来，看到我的窘状，在我的门口写下两句话：

月缺不改光，剑折不改刚。

我在醉酒之后也高歌："我醉欲眠君且去，明朝有意抱琴来。"那似乎是我们穷到只要有一杯酒、一卷书，就满足地觉得江山有待了。后来我还在穷得付不出房租的时候，跳窗离开那个木屋。

前些日子我路过，顺道转去看那一间我连一个月三百元房租都缴不起的木屋，木屋变成一幢高楼，大榕树魂魄不在，小湖也盖了一幢公寓，我站在那里怅望良久，竟然忘了自己身在何方，真像京戏《游园惊梦》里的人。

自心清净

我于是想到世事一场大梦，书香、酒魄、年轻的爱与梦想都离得远了，真的是镜花水月一场，空留去思。可是重要的是一种回应，如果那镜是清明，花即使谢了，也曾清楚地映照过；如果那水是澄朗，月即使沉落了，也曾明白地留下波光。水与镜似乎都是永恒的事物，明显如胸中的块垒，那么，花与月虽有开谢升沉，都是一种可贵的步迹。

我们都知道击石取火是祖先的故事，本来是两个没有生命的石头，一碰撞却生出火来，石中本来就有火种——再冷酷的事物也有它感性的一面——不断地敲击就有不断的火光，得火实在不难，难的是，得了火后怎么使那微小的火种得以不灭。镜与花，水与月本来也不相干，然而它们一相遇就生出短暂的美，我们怎么样才能使那美得以永存呢？

只好靠我们的心了。

就在我正写信给你的时候，突然浮起两句古诗：

笼中剪羽，仰看百鸟之翔；

侧畔沉舟，坐阅千帆之过。

爱与生的美和苦恼不就是这样吗？岁月的百鸟一只一只地从窗前飞过，生命的千帆一艘一艘地从眼中航去，许多飞航得远了，还有许多正从那些不可测知的角落里航过来。

记得你初到康涅狄克不久，曾经为了想喝一碗掺柠檬水的爱玉冰不可得而泪下，曾经为了在朋友处听到雨夜花的歌声而胸中翻滚，那说穿了也是一种回应，一种掺和了乡愁和少年情怀的回应。

我知道，我再也不可能回到小木屋去住了，我更知道，我们都再也回不到小木屋那种充满了精纯的真情岁月了，这时节，我们要把握的便不再是花与月，而是水与镜，只要保有清澄朗净的水镜之心，我们还会再有新开的花和初升的月亮。

　　有一首词我是背得烂熟了，是陈与义的《临江仙》：

　　　　忆昔午桥桥上饮，座中多是豪英。

　　　　长沟流月去无声。杏花疏影里，吹笛到天明。

　　　　二十余年如一梦，此身虽在堪惊。

　　　　闲登小阁看新晴。古今多少事，渔唱起三更。

　　我一直觉得，在我们不可把捉的尘世的命运中，我们不要管无情的背弃，我们不要管苦痛的创痕，只要维持一瓣香，在长夜的孤灯下，可以从陋室里的胸中散发出来，也就够了。

　　连石头都可以撞出火来，其他的还有什么可畏惧呢？

能断烦恼

世缘

　　家里有一条因放置过久而缩皱了的萝卜，不能食用，弃之可惜，我找到一个美丽的陶盆试着种它，希望能挽救萝卜的生命。

　　没想到这看起来已完全失去生命力的萝卜，一接触了泥土与水的润泽，不但立即丰满起来，并在很短的时间里抽出了翠绿的嫩芽。接下来的日子，我仿佛看着一个传奇，萝卜的嫩绿转成青苍，向四周辐射长长的叶子，覆满了整个陶盆，看见的人没有不盛赞它的美丽。

　　二十几天以后，从叶片的中心竟抽出花蕊，开出一束束淡蓝色的小花，形状就像田野间的油菜花。我虽然生长在乡下，从前却没有仔细看过萝卜开花，这一次总算开了眼界，才知道萝卜花原来是非凡的，带着一种清雅之美。尤其是从一条曾经濒临死亡的萝卜开出，更让人觉得它带着不屈的尊贵。

当我正为盛开了蓝色花束的萝卜盆栽欢喜的时候，有一天到阳台浇花，发现萝卜的花与叶子全不见了，只留下孤伶伶的叶梗，叶梗上爬满青色的毛虫，原来就在一夕之间，这些青虫把整株萝卜都啃光了，由于没有食物，每一只青虫都不安地扭动着、探寻着。

这个景象使我有一点懊恼和吃惊，在这么高的楼房阳台，青虫是怎么来的呢？青虫无疑是蛱蝶的幼虫，那么，是蛱蝶的卵原来就藏在泥土中孵化出来？或者是有一只路过的蝶把卵下在萝卜的盆子呢？为什么无巧不巧选择开花的时候诞生呢？

我找不到任何答案，不过我知道，如果我不供应食物给这一群幼小的青虫，它们一定会很快死亡，虽然我为萝卜的惨状遗憾，似乎也没有别的选择了。

每天，我的第一件事就是摘几片菜叶去喂青虫，并且观察它们，这时我发现青虫终日只做一件事，就是吃、吃、吃，它们毫不停止地吃着菜叶，那样专心一志，有时一整天都不抬头。那样没命地吃，使它们以相等的速度长大和排泄，我每天都可以看出它们比前一天长大，或下午看起来就比早晨大了一些。而且在短短几天内，它们排出的青色粒状粪便，把花盆全盖满了。

丑怪而贪婪的青虫，很快就长成两寸长的大虫了，肥满得像要满出汁液，这时它们不再吃了，纷纷沿着围墙爬行，寻找适当的地点把自己肥胖的身体挂在墙上，它吐出一截短丝黏住墙，然后进入生命的冥想，就不再移动。

第一天，青虫的头部蜕成菱形的硬壳，只剩下尾巴在扭来扭去。

第二天，连尾巴也硬了，不再扭动，风来的时候，它挂在墙上摇来摇去。

第三天，它的身体从绿色转成褐色，然后颜色一直加深。

一星期后，青虫在蛹中咬破自己的硬壳，从壳中爬出，它的两翼原是潮湿的、软弱的，但它站在那里等待，只是一炷香的时间，它的翼干了、坚强了，这时，它一点也不犹豫，扑向空中、飞腾而去。

呀！那蝴蝶初飞的一刹那，有一种说不出的动人之美，它会飞到有花的地方，借着花蜜生活，然后把卵下在某一株花上。我想，看到这一群美丽的蝴蝶，在春天的阳光花园中上下翻飞，任谁也难以想象，就在不到一个月前，它们是丑怪而贪婪的青虫，曾在一夜间摧毁一棵好不容易才恢复生机的萝卜。

现在，青虫的蛹壳还不规则成群地挂在墙上，风来的时候仍摇动着，但这整个过程就像梦一样，萝卜真的死去了，蛱蝶也全数飞去了。世缘何尝不如此，死的死，飞的飞，到最后只留下一点点启示，一些些观察，人生因缘之流转，缘起缘灭真是不可思议。

如何在世缘中活得积极自在，简单地说就是珍惜每一个小小的缘，一条萝卜使一群青虫诞生，生出一群蛱蝶，飞向广大的天空，一个小的因缘有时正是这么广大的。

今早，我看到萝卜死去的中间又抽出芽来，心里第一个生起的念头是：会不会再有一只蝴蝶飞来呢？

能断烦恼

我的信念是，我们应该有肯定世间一切臭的污秽事物的气魄，
因为再腐败的土地也会开出最美丽的莲花。

深香默默

秋天一到，家屋前两株高大的桂花树，一转眼全盛开了，乳白色的小花一丛一丛点缀在枝叶间，白日里由于阳光灿亮、枝丫茂盛，桂花隐藏着很难被发现，一到夜晚，它便从叶片后面吐出了香气。

桂花的香味很清淡，但飘得很远，我每天回家，刚走到阶梯口，就远远闻到那淡淡的香气，还常常飘到屋里来。桂花香是所有的花最好的香，它淡雅而深远，不像有的花香浓烈而肤浅。

盛夏的时候，山下的七里香也开得丰富。那种香真是能飘扬七里外，可是只宜于远赏不适合近闻，距离一近就浓得呛鼻，香得人手足无措。还有，我园子里有两株昙花，开放的时候也有香气，是一种淡淡的奶香，可惜只能凑近闻，站开一步则渺无气息了。

只有桂花是远近皆宜，淡淡有余裕。

可能是桂花的这种特性，凡物一冠上"桂"字就美了三分，"桂林"的山水是天下之冠，"桂竹"是所有竹子中最秀美的，"桂酒"是酒类中最香的；即连广西的"桂江"想起来也是秀丽无匹，诗人的头上加了"桂冠"则是一种至高无上的荣誉。

仔细地想起来，中国人实在是个爱"桂"的民族，早在神话的吴刚伐桂，桂树就已有了高大无伦，不能破坏的形象，《酉阳杂俎》里说："月中有桂树，高五百丈"。这棵桂树是有魂魄的，伐不倒的。苏轼在"中秋词"里曾为之赞叹："桂魄飞来光射处，冷浸一天秋碧。"唐朝诗人李德裕也写过"桂殿夜凉吹玉笙"的名句。

历史上还有两位皇帝是爱桂树的，汉武帝曾经造了一个宫殿，用了"七宝床、杂宝案、厕宝屏风、列宝帐"来装饰，这个宫殿和当时的明光殿、柏梁台齐名，名字就叫"桂宫"。后来，南朝的陈后主为他的爱妾张丽华也造过一个"桂宫"，摆设是"圆门如月，障以水晶。后庭没素粉罘罳，庭中空无他物，仅植一桂"。我们可以想象那个宽广的只植一株桂树的庭院，浪漫而美丽，即使陈后主没有什么治绩，光是这棵桂树，也能传承不朽了。

文学作品里以桂为名的也不少，宋朝词牌有"桂枝香"、清朝剧曲有"桂花霜"，诗人宋之问曾写下"桂子月中落，天香云外飘"，对桂花的香味可以说是一语道尽。

我是爱桂花的，常常把摇椅搬到庭院里看书，晚来的凉风一吹，桂花就开始放散它的魅力，终夜不息，颇有提神醒脑的功用，我常想，这也许就是宋之问当年闻到的"天香"，本不是人间应有。

想到"天香"，我又记起几年前读过一本古老的佛经《维摩经》，里面提到一个菩萨的理想世界，名字就叫"众香国"。

这个"众香国"远在四十二恒河的沙佛土，"其国香气，比于十方诸佛世界人天之香，最为第一"，原来在"众香国"里，是以香作楼阁，以香为地，苑围皆香，甚至菩萨们吃的饭也是香的，他们吃饭时散放出来的香气，可以周流十方无量世界。盛饭的用具也是香的，叫"众香钵"，所种的树当然也是香树了。

生息在"众香国"的菩萨，甚至到了"毛孔皆出妙香"的地步。

由于长在那里九百万菩萨的身上太香，当他们要到人间普度的时候，连佛也不得不告诫他们："掇汝身香，无令彼诸众生起惑着心。又当舍汝本形，勿使彼国求菩萨者，而自鄙耻。又汝于彼莫怀轻贱，而作碍想。"

香气太盛而有碍度众生，实在是不可思议的事。

"众香国"是一个佛经里的浪漫传说，它无孔不入的"天香"是人间所不可能得的。我想，人间也不必有，人间虽有生苦、有老苦、有病苦、有死苦、有爱别苦、有怨憎苦、有所求不得苦、有五阴盛苦、有失去荣乐苦等诸苦，可是到底有苦有乐，有臭有香，是个多姿多彩的世界。如果连屎尿、脓血、涕唾都是香的，日子便也没有过下去的意思了。

我的信念是，我们应该有肯定世间一切臭的污秽事物的气魄，因为再腐败的土地也会开出最美丽的莲花。如果莲花不出淤泥，而长在遍地天香的土地上，它的美丽也不会那么正规。

我并不希望人世间都是壮丽美好的世界，也不期待能生活在众香国度，我只想渴的时候有水喝，夜读的时候，有沉默清雅的桂花深香默默地飘来，就够了。

能断烦恼

地暖，或者春寒

黄花漫漫，翠竹珊珊；

江南地暖，塞北春寒。

游人去后无消息，

留得云山到老看。

——宝觉禅师

我们看到禅师又哭又笑、又跳又叫、又打又骂时，会觉得十分难以理解，那是因为我们用分别之眼在看禅师的不二之心，自然不能知道那站在高处的风景——在低处的时候，我们住在这个村落，想到隔山那边另外的村落很遥远，如果我们爬到了山顶，这个村落到那个村落，只是一转头、一瞬目的事了。

我童年的时候，每次随母亲回娘家，总觉得外婆住在很遥远的地方，因为是用步行、加上人小腿短，在中途都要休息好几次，好不容易抵达，和哥哥弟弟全累成一团了。不久前，我开车载母亲回去，发现十分钟不到我们就在外婆家的院子了。

这个世界是相对的，时间空间的改变，使我们对事物的看法改变，禅心也是如此，它不是用来改变生活的，而是看清生活的真实。与"禅心"相对的是"凡心"，也就是凡俗的心，是一般人眼见的世界，是迷惑于世界的变幻，禅者不同的是在这种变幻中看到了真如，体会了不动的一面。

能断烦恼

药山①惟俨禅师有一天和两位得意的弟子道吾与云岩在庭院中散步，看到院子里有两棵树，一棵正繁茂地生长，另一棵则完全枯干了，药山指着两棵树问道吾：

"是枯的对，还是荣的对？"

"荣的对。"道吾回答说。

药山说："灼然一切处，光明灿烂去！"（如果是繁茂的才对，那么一切都是光明灿亮的了！）

然后，他转头问云岩：

"是枯的对，还是荣的对？"

"是枯的对。"云岩回答说。

药山说："灼然一切处，放教枯淡去！"（如果是枯干的才是对的，那

---

① 编注：别号药山，唐代高僧，石头希迁禅师法嗣。

么一切都是枯萎死寂了！）

这时候，正好一位小沙弥走过，药山就问他：

"是枯的对，还是荣的对？"

小沙弥回答说："枯者从他枯，荣者从他荣。"（枯干的让它去枯干，繁茂的让它去繁茂吧！）

药山说："不是！不是！"（你们说的都不对！）

然后就不说话了。

这个公案很有趣，启示我们，人很容易被表相所惑，其实枯干的树曾经繁茂过，繁茂的树到最后也会枯干，枯或荣只是它们的表面现象，本质是没有差别的。我们加以分别对错，就是对实相的无知；然而，如果都不理它、任它去，也是不对的，因为这就失去了认知的本体，没有自我的观照了。

若拿这个来象征禅心，禅心既不应该被繁茂之境转成光明灿烂，也不应该被枯干之周转成放教枯淡，当然，完全无为也不对。它是在内在里无所不能，在表现上有所不为，是不被境况转动，有如行云不被高山所阻挡，流水不被树竹妨碍，踏雪而过，了无痕迹。

马祖道一①有一次和百丈怀海②在散步，突然看见一群野鸭子飞过天空。

马祖问百丈："那是什么？"

百丈说："野鸭子！"

马祖问："野鸭子到哪里去？"

百丈答："飞过去了！"

自心清净

① 编注：唐代著名禅师。
② 编注：传承慧能与道一，唐代名僧。

马祖于是回头用力捏了百丈的鼻子，百丈痛得大叫失声，马祖说："野鸭子又飞过去了！"百丈听了有所省悟，等回到寺院里，自顾自地哀哀大哭。师兄弟都来问他："你在想念父母吗？"百丈说："没有！"又问："那么你是被人骂了？"百丈说："也没有！"又问："那你为什么大哭呢？"百丈说："我的鼻子被师父捏得痛到骨头了！"大家就问他："你和师父有什么因缘不契呢？"他说："你们去问师父吧！"

师兄弟一起去问马祖说："师父！百丈有什么因缘不契，正在寮房里大哭呢？"

马祖说："是他会了，你们回去问他吧！"

大家回到寮房就问百丈："师父说你已经会了，叫我们来问你！"

百丈听了哈哈大笑，大家都不得其解说："你刚刚还在大哭，现在怎么又大笑了？"

百丈说："适来哭，如今笑。"（刚刚想哭就哭，现在想笑就笑！）

百丈怀海如果生在现代，又落在俗人眼里，一定以为他的精神有问题，因为我们一般人没有这样痛快淋漓，我们总是为昨日的烦恼忧伤，或沉醉在往日的情怀里，我们总是压抑自己的情绪，想哭不敢哭，想笑不会笑！

禅师们的眼里，枯或荣、黄花或翠竹、地暖或春寒都只是境况的转换，云山总是不变的。

枯就是荣，笑就是哭。只有在冬天落得很干净的树，春天才能吐出最翠绿的芽！只有哭得很好的人，才能笑得很好！

哭是很开朗的！笑是很庄严的！只要内心处在常醒的状态，一切都是好的。

人生，有时像马鞍藤与马蹄兰一样，会陷入两难之境，

不过现代人的选择越来越少，很少人能选择马鞍藤的生活，只好做温室的马蹄兰。

拈花四品

不与时花竞

诵帚禅师 ① 有一首写菊的诗:

> 篱菊数茎随上下，无心整理任他黄。
>
> 后先不与时花竞，自吐霜中一段香。

读这首诗使人有自由与谦下之感，仿佛是读到了自己的心曲，不管这个世界如何对待我们，我只要吐出自己胸中的香气，也就够了。

在台湾乡下有时会看到野生的菊花，各种大小各种颜色的菊花，那也

---

① 编注：师讳宏思。字如是。晋江潘湾人，族姓陈。

不是真正野生的，而是随意被插种在庭园的院子里，它们永远不会被剪枝或瓶插，只是自自然然地长大、开放与凋零，但它们不失去傲霜的本色，在寒冷的冬季，它们总可以冲破封冻，自尊地开出自己的颜色。

有一次在澎湖的无人岛上，看见整个岛已被天人菊所侵占，那遍满的小菊即使在海风中也活得那么盎然，没有一丝怨意的兴高采烈，怪不得历史上那么多诗人画家看到菊花时都要感怀自己的身世，有时候，像野菊那样痛痛快快地活着竟也是一种奢求了。

"天人菊"，多么好的名字，是菊花中最尊贵的名字，但它是没有人要的开在角落的海风中的菊花。

最美的花往往和最美的人一样，很少人能看见，欣赏。

山野的春气

带孩子到土城和三峡中间的山中去，正好是春天。这是人迹稀少的山道，石阶上还留着昨夜留下的露水。在极静的山林中，仿佛能听见远处大汉溪的声音。

这时我们看见在林木底下有一些紫色的花，正张开花瓣在呼吸着晨间流动的空气。那是酢浆草花，是这世界上最平凡的花，但开在山中的风姿自是不同，它比一般所见的要大三倍，而且颜色清丽，没有丝毫尘埃。最奇特的是它的草茎，由于土地肥美，最短的茎约有一尺，最长的抽离地面竟达三尺多。

孩子看到酢浆花神奇的美大为惊叹，我们便离开小路走进山间去，摘取遍生在山野相思树下的草花，轻轻一拈，一株长长的酢浆花就被拉拔起来。

春天的酢浆花开得真是繁盛，我们很快就采满一大束，回到家插在花瓶里，好像把一整座山的美丽与春天全带了回来，连孩子都说："从来没有看过这样美的花。"

来访的朋友也全部被酢浆花所惊艳，因为在我们的经验里几乎不能想象，一大束酢浆花之美可以冠绝一切花，这真是"乱头粗服，不掩国色"了。

酢浆花使我想起一位朋友的座右铭：在这个时代里，每个人都像百货公司的化妆品，你的定价能多高，你的价值就有多高。

紫蓝色之梦

在家乡附近有一个很优美的湖，湖水晶明清澈，在分散的几处，开着白色的莲花，我小时候时常在清晨雾露未退时跑去湖边看莲花。

有一天，不知从什么地方漂来一株矮小肥胖的植物，根、茎、叶子都是圆墩墩的，过不久再去看的时候，已经是几株结成一丛，家乡的老人说那是"布袋莲"，如果不立即清除，很快湖面就会被占满。

没想到在大家准备清除时，布袋莲竟开出一串串铃铛般的偏蓝带紫的花朵，我们都被那异样的美震住了，那些布袋莲有点像旅行中的异乡人，看不出它们有什么特殊，却带着谜样的异乡的风采。布袋莲以它美丽的花，保住了生命。

来自外地的布袋莲有着强烈繁衍的生命力，它们很快地占据整个湖面，到最后甚至丢石头到湖里都丢不进去，这时，已经没有人有能力清除它了。

当布袋莲全面开花时，仍然有慑人的美，如沉浸在紫蓝色的梦境，但大家都感到厌烦了，甚至期待着台风或大水把它冲走。

布袋莲带给我的启示是：美丽不可以嚣张，过度的美丽使人厌腻，如同百货公司的化妆品专柜一样。

马鞍藤与马蹄兰

马鞍藤是南部海边常见的植物，盛开的时候就像开大型运动会，比赛着似的，它的花介于牵牛花与番薯花之间，但比前两者花形更美，花朵更大，气势也更雄浑。

马鞍藤有着非常强盛的生命力，在海边的沙滩曝晒烈日、迎接海风甚至灌溉海水都可以存活，有的根茎藏在沙中看起来已枯萎，第二年雨季来时，却又冒出芽来。

这又美又强盛的花，在海边，竟少人会欣赏。

另外，与马鞍藤的生长环境背道而驰的是马蹄兰，马蹄兰的茎叶都很饱满，能开出纯白的恍若马蹄的花朵。它必须种在气温合适、多雨多水的田里，但又怕大风大雨，大雨一下会淋破它的花瓣，大风一吹又把它的肥茎摧折。

这两种花名有如兄弟的花，却表现了完全相反的特质，当然，因为这种特质也有了不同的命运。马鞍藤被看成是轻贱的花，顺着自然生长或凋落，绝没有人会采摘；马蹄兰则被看成是珍贵的被宠爱着，而它最大的用途是用在丧礼上，被看成是无常的象征。

人生，有时像马鞍藤与马蹄兰一样，会陷入两难之境，不过现代人的选择越来越少，很少人能选择马鞍藤的生活，只好做温室的马蹄兰。

这世界，每一朵花的兴谢虽有长短之分，却无断灭之别。

每一朵花都是因缘所生，在因缘中灭去，是明明白白的，人力所不能为的。

铁树的处女之花

在花园里的金橘果落完的时候，旁边的铁树开花了。

从前听乡下的长辈说过，铁树要十年才会开花，是非常稀有难得的。因此，铁树开花也是一种祥瑞之兆，凡看见的，都会沾染喜气。

我曾经多次看过铁树开花，每一次都感到难值难遇，常会感慨地想：人生能有多少十年？看铁树开花又能有几回呢？

印象最深的一次，是在中山纪念馆的花园，同时看到七棵铁树开花，每一朵花都有路灯的柱子般粗，高达四五尺，使人忍不住会大叹世间的神奇。

然而，纵使看见公园里的七棵铁树开花，也没有像自己院子里的一棵铁树开花，令我感觉欢喜。因为，这是我自己种的铁树，生平的第一次处女之花。我每天清晨浇水时，总会忍不住向铁树道喜，并深深分享它开花的喜悦。

铁树开花与其他的花大有不同。先是从刚硬的叶梗中心，长出一团如排球大小的柔软肉球，是细致的米色。那肉球随着时间增生拉长，一尺、两尺、三尺，最后长成一个四尺长的圆锥状花朵，大花中密密生着小花。

铁树开花的过程长达四个多月，过程缓慢而神奇，常令我误以为铁树的花永远不会凋谢。但我随即生起这样的念头：世上并没有永不凋谢的花！

铁树的花维持如此长久，或者可以称为"铁花"吧！

在院子里喝茶的时候，我常和妻子讨论着："一朵铁花不知道多久的时间才会完成它开放的过程？"

当铁花的顶部从圆形变成圆锥，终至成为锥尖，我们知道，铁树已完成处女之花，即将凋落了。果然，它最后的盛放维持了两星期，有一天黄昏，我们在院子里喝茶，突然听见一声咔嚓，转头一看，铁花啪啦落在地上。

我把铁花捡起，放在桌上，观看它最后凋零的样子。我想着：铁树难得开花，终有开花之期；铁花固然长久，也终有凋零之日呀！

这世界，每一朵花的兴谢虽有长短之分，却无断灭之别。每一朵花都是因缘所生，在因缘中灭去，是明明白白的，人力所不能为的。

世间最有势力的人、最刚强的植物、最难逢的事件，正如眼前之花，无法免去因缘的兴谢。

我想起唐朝元晓大师①曾说："纵使尽一切努力，也无法阻止一朵花的

---

① 编注：朝鲜新罗僧人。他的中心思想是"一心"和"静"。

凋谢。"花如是兴谢，情感如是兴谢，因缘如是兴谢，生命中的一切过程不也是这样子兴起与谢落的吗？与其为情感的兴谢、因缘的生灭而哭泣追悔，还不如把握当下，一往无悔地生活。

铁花开的时候，妻子还怀着身孕，孩子两个月大时，铁花才落下来。但故事还没有完结，在铁花凋落的底部，竟长出小小的黑红色种子；到儿子八个月大，铁树的种子才完全成熟，大小如拇指，坚硬似铁，数一数，共有八十三粒。

我把三粒"铁子"种在花园，期待来年能长出新的铁树。其余的八十粒种子和那一朵铁花则摆在架上，每天看见时，内心对铁树开花的光阴有一种缅怀和疼惜。

在我观看铁花兴谢的时光里，铁树也见证了我这一年来生命的变化，但铁树默默无语，只把全副心力用来开花结籽。不像社会上一般世俗的人，对自己的情感用心太少，却对别人的情感用力太多。

我的疼惜是，我们虽全心追求美好的境界，生命中却总不免遗憾遗欢。我的缅怀是，时光虽不可挽回地逝去，但总会留下余情余韵。

铁花终究不能回到树上，我只有修剪芜蔓的枝叶，等待下一次的开花。

在孩子的笑语中，我也知道，生命只有不断地承担，在每一个片刻里，才会发生更好的体会。

开完了处女之花的铁树，下次开花是什么时候？一年、十年或百年？问铁树，它默默无语。但是我知道，金橘落果处，铁树开花时，万法随因缘，天地不自私。如果内心常保有开花的祝愿，在因缘成熟的时候，最刚硬的心，也会开花。

自心清净

不能进入微细的爱里的人，不只是粗鄙，
他也一定不能品味比较高层次的心灵之爱，他只能过着平凡单调的日子，
而无法在生命中找到一些非凡之美。

在微细的爱里

苏东坡有一首五言诗，我非常喜欢：

> 钩帘归乳燕，穴牖出痴蝇；
>
> 爱鼠常留饭，怜蛾不点灯。

对才华盖世的苏东坡来说，这算是他最简单的诗，一点也不稀奇，但是读到这首诗时，却使我的心深深颤动，因为隐在这简单诗句背后的是一颗伟大细致的心灵。

钩着不敢放下的窗帘，是为了让乳燕能归来。看到冲撞窗户的愚痴的苍蝇，赶紧打开窗门让它出去吧！

担心家里的老鼠没有东西吃，时常为它们留一点饭菜。夜里不点灯，是爱惜飞蛾的生命呀！

诗人那个时代的生活我们已经不再有了，因为我们家里不再有乳燕、痴蝇、老鼠和飞蛾了，但是诗人的情境我们却能体会，他用一种非常微细的爱来观照万物，在他的眼里，看见了乳燕回巢的欢喜，看见了痴蝇被困的着急，看见了老鼠觅食的心情，也看见了飞蛾无知扑火的痛苦，这是多么动人的心境呢？我们有很多人，对施恩给我们的还不知感念，对于苦痛生活在我们身边的人吝于给予，甚至对于人间的欢喜悲辛一无所知，当然也不能体会其他众生的心情。比起这首诗，我们是多么粗鄙呀！

不能进入微细的爱里的人，不只是粗鄙，他也一定不能品味比较高层次的心灵之爱，他只能过着平凡单调的日子，而无法在生命中找到一些非凡之美。

我们如果光是对人有情爱、有关怀，不知道日落月升也有呼吸，不知道虫蚁鸟兽也有欢歌与哀伤，不知道云里风里也有远方的消息，不知道路边走过的每一只狗都有乞求或怒怨的眼神，甚至不知道无声里也有千言万语……那么我们就不能成为一个圆满的人。

我想起一首杜牧的诗，可以和苏轼这首诗相配，他这样写着：

已落双雕血尚新，鸣鞭走马又翻身；

凭君莫射南来雁，恐有家书寄远人。

Part 3
天寒露重，望君保重

文学如杯，往事似酒，杯酒风流，如梦如电，但是当我们想起那个时代的热情、真情、豪情与才情，就觉得点燃了火种，光明也就有了希望。

自心清净

马蹄兰的告别

我在乡下度假，和几位可爱的小朋友在莺歌的尖山上放风筝，初春的东风吹得太猛，系在强韧钓鱼线上的风筝突然挣断了它的束缚，往更远的西边的山头飞去，它一直往高处往远处飞，飞离了我们痴望的视线。

那时已是黄昏，天边有多彩的云霞，那一只有各种色彩的蝴蝶风筝，在我们渺茫的视线里，恍惚飞进了彩霞之中。

"林大哥，那只风筝会飞到哪里呢？"小朋友问我。

"我不知道，你们以为它会飞到哪里？"

"我想它是飞到大海里了，因为大海最远。"一位小朋友说。

"不是，它一定飞到一朵最大的花里了，因为它是一只蝴蝶嘛！"另一位说。

"不是不是，它会飞到太空，然后在无始无终的太空里，永不消失，永不坠落。"最后一位说。

然后我们就坐在山头上想着那只风筝，直到夕阳都落入群山的怀抱，我们才踏着山路，沿着越来越暗的小径，回到我临时的住处。我打开起居室的灯，发现我的桌子上平放着一封从台北打来的电报，上面写着我的一位好友已经过世了，第二天早上将为他举行追思礼拜。我跌坐在宽大的座椅上出神，落地窗外已经几乎全黑了，只能模糊地看到远方迷离的山头。

那只我刚刚放着飞走的风筝以及小朋友讨论风筝去处的言语像小灯一样，在我的心头一闪一闪，它是飞到大海里了，因为大海最远；它一定飞到最大的一朵花里了，因为它是一只蝴蝶嘛；或者它会飞到太空里，永不消失，永不坠落。于是我把电报小心地折好，放进上衣的口袋里。

朋友生前是一个沉默的人，他的消失也采取了沉默的方式，他事先一点也没有消失的预象，在夜里读着一册书，扭熄了床头的小灯，就再也不醒了。好像是胡适说过："宁鸣而死，不默而生。"但他采取的是另一条路：宁默而死，不鸣而生。因为他是那样沉默，更让我感觉到他在春天里离去的忧伤。

夜里，我躺在床上读斯坦贝克的小说《伊甸之东》，讨论的是《旧约》里的一个章节，该隐杀死了他的兄弟亚伯，他背着忧伤见到了上帝，上帝对他说："罪就伏在门前。它必恋慕你，你却要制伏它。"你可以制伏，可是你不一定能制伏，因为伊甸园里，不一定全是纯美的世界。

我一夜未睡。

清晨天刚亮的时候，我就起身了，开车去参加朋友的告别式。春天的早晨真是美丽的，微风从很远的地方飘送过来，我踩紧油门，让汽车穿在风里发出嗖嗖的声音，两边的路灯急速地往后退去，荷锄的农人正要下田，去耕耘他们的土地。

路过三峡，我远远地看见一个水池里开了一片又大又白的花，那些花笔直地从地里伸张出来，非常强烈地吸引了我。我把车子停下来，沿着种满水稻的田埂往田中的花走去，那些白花种在翠绿的稻田里，好像一则美丽的传说，让人有一种说不出的落寞心情。

站在那一亩花田，我不知道那是什么花，雪白的花瓣只有一瓣，围成一个弧形，花心只是一根鹅黄色的蕊，从茎的中心伸出来。它的叶子是透明的翠绿，上面还停着一些尚未蒸发的露珠，美得触目惊心。

正在出神之际，来了一位农人，他到花田中剪花，准备去赶清晨的早市。我问他那是什么花，农人说是"马蹄兰"。仔细看，它们正像奔波在尘世里"嗒嗒"的马蹄，可是它不真是马蹄，也没有回音。

"这花可以开多久？"我问农人。

"如果不去剪它，让它开在土地上，可以开两三个星期，如果剪下来，三天就谢了。"

"怎么差别那么大？"

"因为它是草茎的，而且长在水里，长在水里的植物一剪枝，活的时间都是很短的，人也是一样，不得其志就活不长了。"

农人和我蹲在花田谈了半天，一直到天完全亮了。我要向他买一束马蹄兰，他说："我送给你吧！难得有人开车经过特别停下来看我的花田。"

我抱着一大把马蹄兰，它刚剪下来的茎还滴着生命的水珠，可是我知道，它的生命已经大部分被剪断了。它越是显得那么娇艳清新，我的心越是往下沉落。

朋友的告别式非常庄严隆重，到处摆满大大小小的白菊花，仍是沉默。我把一束马蹄兰轻轻放在遗照下面，就告别了出来。马蹄兰的幽静无语使我想起一段古话："旋岚偃岳而常静，江河竞注而不流，野马飘鼓而不动，日月历天而不周。"而生命呢？在沉静中却慢慢地往远处走去。它有时飞得不见踪影，像一只鼓风而去的风筝，有时又默默地被裁剪，像一朵在流着生命汁液的马蹄兰。

朋友，你走远了，我还能听到你的蹄声，在孤独的小径里响着。

自心清净

能断烦恼

悬崖边的树

我读初中的时候，成绩不好。由于对课外书及美术的热爱，我的初中生活一直过得迷迷糊糊，好像一转眼就升上初三了。

就在初三刚开始不久，父亲把我叫去，说："像你的这种成绩，我的脸都被你丢尽了，我看你初中毕业不要去高雄参加联考了，你去台南考。"

我当场怔在那里，因为在我居住的乡镇，所有的孩子都是参加高雄联考，去台南考试，无异就是放逐，连在乡镇里的旗美高中也不能考了。

不知道哪里来的勇气，我自己一个人跑到台南去考高中，发榜的时候发现考上一个从未听说过的高中"私立瀛海高中"。

瀛海高中刚成立不久，是超迷你的学校，每一年级只有三个班，整个高中加起来只有三百多人。学校在盐分地带，几乎可以用"寸草不生"来形容，土地因为盐分过高，一片灰白色。学校独立于郊野，四面都是蔗田和稻田。

记得注册时是爸爸陪我去的，他看到那么简陋的校舍和荒凉的景色，大吃一惊，非常讶异地问我："你怎么会考上这种学校？"

由于学生很少，大部分的学生都住校，我也开始了离家的生活。

住在学校认识了许多死党，加上无人管教，我的心就像鸟飞出笼子一样，几乎把所有的时间用来读课外书、画画和写文章。每到假日，就跑到台南市去看电影、逛书店。

我的高中生活大致是快乐的，除了功课以外。学校的功课日渐令我厌烦，赤字一天一天增加，到高一结束时，有一大半的功课都是补考才通过的。

这时，我默默地准备辍学或转学，当我把这想法告诉爸爸，他气得好几天不和我说话，有一天他终于开口了："你再读一学期，真的不行，再转回来吧！"

升上高二，我换了导师，是一位七十岁的老头，听说是早年北京大学毕业的，因为从省中退休，转到私校来教。他就是后来彻底改造我的王雨苍老师。

开学不久，他叫我去他家包饺子，然后告诉我："你在报纸上的文章我看过，写得真不错。"这是第一位确定那些文章是我写的老师，以前的老师都以为只是同名同姓的人。

然后，王老师告诉我，他从事教育工作快五十年了，差不多学生的素质一眼就可以看出来。他之所以退而不休，转到私立学校教书，不只是为了兴趣，也是为了寻找沧海遗珠。

吃完师母的饺子告辞的时候，王老师搂着我的肩膀说："你有什么想法，随时可以来找老师谈谈，林清玄，你不要自暴自弃呀！"我从未被老师如此感性地对待，当场就红了眼睛。

接下来就像变魔术一样，我把一部分的心力用在课业上，功课虽然不好，都还在及格边缘。

由于王老师的鼓励，我把大部分心力用在写作上，不仅作品陆续发表在报纸杂志上，还连续两次得到全台南市中学作文比赛的第一名，使我加强了对自己的信心，也更确定日后的写作之路。

不管是写作文或周记，或是发表在报上的文章，王雨苍老师总是仔细斟酌修改，与我热心讨论，使我在升学至上的压力中还有喘息的空间，渴望成为作家的梦想是我在高中生活中，犹如大海里的浮木，使我不致没顶，王老师则是和我一起坐在浮木上的人，并且帮我调整了浮木的方向。

在我高中毕业的时候，我不再对前途畏惧了，虽然大学的考试一直不顺利，我知道，我的写作不会再被动摇了。

一直到现在，我只要想起中学生活，王雨苍老师那高大的身影、红润的双颊就会在眼前浮现，想到他最常对我说的："你一定会成功的，不要自暴自弃呀！"

我不知道自己是不是王老师寻找的沧海遗珠，但我知道好老师正如同悬崖边的树，能挡住那些失足坠落的学生。

现在时空远隔了，老师的灵魂已远，但我反复看到最陡峭的悬崖边，还长着翠绿的大树。

能断烦恼

现代·文学·梦

《现代文学》创刊三十周年，把当年的杂志交由诚品书店发行纪念版，并在诚品举行了一场酒会，我接到白先勇的邀请，他也去参加了这个酒会。

酒会的会场，人潮汹涌，衣香鬓影，济济多士，我想到自己已经有很久没有参加过这样的酒会，而在台北，也很久没有这样的酒会了。在场遇到许多老朋友，大家都感喟地说，现在的作家已经愈来愈没有什么向心力，若不是《现代文学》，不可能号召到这么多的作家一起来参加。

这样的酒会使我想起二十年前的"明星咖啡屋"，我接触《现代文学》是在明星咖啡屋门前的周梦蝶书摊，他的书摊上总有一些过期的《现代文学》，一本二十元，正好是吃一餐自助餐的价钱。

那时我们总是昵称周梦蝶为"周公"，周公是台北有名的风景，他每天穿着宽袍大袖的衣服，坐在斜斜的阳光里读书，或者入定什么的。去买书的时候，他向来是不招呼人的，我们就蹲踞着和他对面而坐，读着他架上的书，他不卖别的书，架子上只有文学。买了书、付了钱，周公又恢复原来的姿势。

我那时还没有宗教信仰，但每次看到周梦蝶，就想到"老僧入定"大概就是这样子了，坐在红尘里的周公，真像一位老僧。

如果口袋里有一点闲钱，我就会和几位喜欢文学的朋友，请周公到明星咖啡屋里喝咖啡，记得他总是站起来就和我们进明星。有一次我忍不住问他："你这样把书摊丢了就走，不怕被人偷走吗？"他笑着："文学的书有谁要偷呢？真要偷，就送给他了。"

周公在明星咖啡屋里不喝咖啡，他每次都叫一杯可口可乐，然后会气定神闲地加两匙糖，第一次看见的人都会吃惊，他会说："因为可乐不够甜。"说时，脸上的表情像孩子一般。

至于在明星里和周公谈什么内容，老早就不复记忆，总不外乎是诗和文学吧！但内容一点也不重要，那种感觉真好，仿佛我们就生活在一个叫作文学的梦里，那梦里，是明星微微苦的咖啡，走起来砰砰作响的榉木地板，还有从旧窗帘照射进来满地的阳光。

那时候，没有人觉得文学创作会有什么名利，因此文学就像阳光一样，有着金亮的光芒，我那时对写诗情有独钟，曾经把周梦蝶、郑愁予、余光中、洛夫、痖弦的诗写在小屋的墙壁上，希望有一天，自己也能写出那样动人的诗篇。

我们那时最常读的杂志是《现代文学》，有钱就去买，没有钱就借一本回来看，看得感动莫名。

后来与周公相熟了，他常把书借给我们看，说："别折着了，还要卖的。"他自奉甚俭，不，甚俭还不足以形容，应说是极俭极俭。不过，对年轻人却很热情，有一天午后他送给我四本书，一本是他自己的诗集《还魂草》，一本是丰子恺的《缘缘堂随笔》，另二本是钱锺书的《写在人生边上》和《人·兽·鬼》。那个时候我的感动真是无法形容，走回家的时候，心里一直嘀咕着：一定要跟随这些伟大的文学心灵前进。

那已经是一九七〇年了，距《现代文学》的创刊已有十年之久，后来我有幸认识了许多为这本杂志写稿的前辈，最难忘的是一九七三年我参加雾社的文艺营，营主任是余光中，指导老师是朱西宁、萧白、金开鑫，他们的人格风格都令我崇仰。一九七八年我住在木栅兴隆山庄，邻居竟是《现代文学》总辑姚一苇，两年之间有许多机会亲炙姚先生风和日丽的平常生活。

一九八〇年我到美国，从纽约坐火车到耶鲁大学，住在郑愁予家中，夜里饮酒唱诗，我万万想不到少年时代最喜爱的诗人，有一天我会在他家的书房过夜。

在我的心田里，这些名字一一浮现，白先勇、陈映真、七等生、王祯和、黄春明、洛夫、辛郁、刘大任、叶珊、叶维廉、楚戈、商禽、陈若曦、马森、李昂，后来都一一会面，很多人对文学之所以有不悔的勇气，都是来自他们无形的启发。

那个逝去的年代最动人的，是文学家们都超越了名利之念，用最诚挚的心来创作，留下了一个典型，那就是：即使在现代主义最流行的时代，大家也不失去传统名士的风格。

我的心中也就常显现出周梦蝶书摊的静照，那书摊多么美呀！现在最大型的书店带给我们的冲击，也没有那个小书摊美丽。

在《现代文学》发行纪念版的此时，白先勇嘱我写几句话推荐，我写道：

> 六十年代，立志写作的青年，没有不读《现代文学》的，我们现在所熟悉的中生代作家，都是在《现代文学》迈入创作的旅途，在时间的河流洗涤下，他们留下了灿烂的金沙；在空间的沙漠中，他们盛开了美丽的仙人掌花。我生也晚，没有机会参与《现代文学》杂志的创作，但每次回忆少年时代在灯下展读《现代文学》的情景，就在心底涌起一股暖流，觉得创作的旅途虽然孤单，还是无形中有人伴随，增加了大步前行的勇气。

文学如杯，往事似酒，杯酒风流，如梦如电，但是当我们想起那个时代的热情、真情、豪情与才情，就觉得点燃了火种，光明也就有了希望。

在每一个黎明醒来，有一些会心的悟。
在每一个黎明醒来，接受阳光的温暖、光明。

在每一个黎明醒来

林大哥：

好感激您昨天挪出一下午的时间给我，这对我而言实在太重要了。在回程中，我反复思索着您的话语，想起您那温暖包容的心，及对人世间的悲悯胸怀，直想落下泪来。

在对您诉说心事时，不知为什么，我突然发觉自己所承受的苦实在是微不足道，而自己为这些事来烦扰您更有些可笑，因为它是那样的渺小。但您的耐心与慈心，竟使我的心境也变得平静起来，我当时真的不以为苦了，反而觉得对生命又生起了一丝希望。

但是我的信心何其薄弱，此时此刻，我必须靠着阅读您的书，不时提醒自己具备"柔软心"，来坚固自己刚萌芽的脆弱意志。我想，我做的不是很好，我还时时会被那种沮丧的感觉缠绕，那是一种惶恐而绝望的深渊，我真的很害怕。不知要到何时，我才能真正拥有一颗清明的心，不要有嫉妒、不平。我愿意就您所指点的方向努力一试。

再次谢谢您，如果您及大嫂愿意，我希望能时时去找你们，这能使我强烈地感受到生命原是可以活得如此有意义。

台北市谨玫　敬上

谨玫：

过了这许多天，你一定好多了吧！

这个世界的苦恼与挫折不是单单为我们打造的，人人都要去面对它，虽然这种面对有时是冷酷、悲哀的，可是许多人都已经超越过你现在正在面对的烦恼，相信你必然也可以超越的，加油！

我常觉得特别是心思细致、敏感的人，活在这个世界上所感受到的苦是加倍的，不过反过来说细致敏感的人所得到的快乐也会加倍，智慧也会加倍，你也是这一类型的人，不要气馁，应该欣欣才好。

在一天里，绝对不会有第二次的黎明，因为人生实在太短促了，所以我们要把握每天的黎明，早上醒来给自己一个诺言：这是崭新的一天！我要以崭新的态度生活！

在每一个黎明醒来，有一些会心的悟。

在每一个黎明醒来，接受阳光的温暖、光明。

在每一个夜晚睡去，放下当天的忧伤。

在每一个夜晚睡去，放下从前的一切忧伤。

你是个好女孩，你所遭逢的不是你的错，而是由于因缘本来就有无常错谬的必然性，而情感里又有苦的本质，我们能做的，就是去体验这无常之苦，细细品味这苦的滋味，然后去超越它。

明朝有一位澹归和尚，写过一首很短的词：

铅泪结，知珠颗颗圆；

移时验，不曾一颗真。

意思是一个人的泪珠落下的时候，就好像铅一样的沉重，像珠一样颗颗是圆的，但是过了那个情境检验起来，没有一颗是真实的呀！我把这首词写了送你，希望你很快度过人生的幽黯时间。

我们很欢迎你来玩，特别是忧伤烦恼的时候，我们都很愿意帮助你分担。

敬祝

平安吉祥

林清玄　敬上

自
心
清
净

以夕阳落款

开车走麦帅二桥，要下桥的时候，突然看到西边天最远的地方，有一轮紫红色饱满而圆润的夕阳。

那夕阳美到出乎我的意料，紫红中有一种温柔震慑了我的心，饱满而圆润则有一种张力，温暖了我连日来被误解的灰暗。

我突然感到舍不得，舍不得夕阳沉落。

我没有如平时一样，下桥的第三个红绿灯左转，而是直直地向西边的太阳开去。

我一边踩着油门，一边在心里赞美这城市里少见的秋日的夕阳之美，同时也为夕阳沉落的速度感到可惊。

仿如拿着滚轮滚下最陡的斜坡，连轮轴都没看清，滚轮已落在山脚。

夕阳亦是如此，刚刚在桥上时还高挂在大楼顶方的红色圆盘，一坠一坠，迅即落入路的尽头。

就在夕阳落入不见的那一刹那，城市立即蒙上了一片灰色的黯影，我的心也像石头坠入湖心，石已不见，一波一波的涟漪却泛了起来。

我猛然产生了两个可怕的想法：我每天都在同一个时间走同一条路到学校接孩子放学，为什么三个月来都没有看见美丽的夕阳？如果我曾看见夕阳，为什么三个月来完全没有感觉？

这两个想法使我忍不住悲哀。在前面的三个月，我就像一棵树，为了抵挡生命中突来的狂风暴雨，以免树下的几棵小树受伤，每日在风雨中摇来摇去，根本没有时间抬头看看蔚蓝的天空，更不用说一天只是短暂露脸的夕阳了。

我为自己感到悲伤，但更悲伤的是，想到这城市里，即使生命中没有风雨，也很少人能真心欣赏这美丽的夕阳吧！

每到黄昏时开车去接孩子，会打开收音机以排遣塞车的无聊，才渐渐发现，黄昏时刻几乎所有的电台都是论说的节目。抒情的、感性的节目，在下午四点以后就全部沦亡了。

论说的节目几乎无可避免地有一个共同的调子，就是批评，永不停止的批评。

我常常会想：在黄昏的时候，一天的工作已经结束，心情应该处在一种欢喜与柔美的状态，沉浸于优美的音乐。然而却几乎所有的节目都在论说，永不停止地议论，是不是象征着整个城市在黄昏时美好的感觉也都沦亡了呢？

想要换个电台、换一种感觉，转来转去却转不出忧伤的心。最后，只好又转回我最喜欢的台北爱乐，一边听着优美的古典音乐，一边想着：如果在黄昏时刻，禁止论说，只准听音乐喝茶，看夕阳沉思，将是对这个城市的人最严重的惩罚吧！

那美丽的紫红夕阳，使我想起水墨画左下角的落款的印章。

如果我们的每一天是一幅画，应该尽心地着墨，尽情地上彩，尽力地美丽动人，在落款钤印的时候，才不会感到遗憾。对一幅画而言，论说是容易的，抒情是困难的；涂鸦是容易的，留白是困难的；签名是容易的，盖章是困难的。

但是，这个城市还有人在画水墨吗？还有人在每天黄昏，用庄严的心情为一幅水墨画落款吗？

看到夕阳完全沉落，我怅然地回转车子，有着橘子黄的光晕还余韵犹存地照在车上，惨白的街灯则已点燃，逐渐在黑幕里明晰。

我为自己的今天盖下一个美丽的落款印记，并疼惜从前那些囿于世俗的、沦于形式的、僵于论说的、在无知与无意间流逝的时光。

我卑微地祈愿：凡是经过凤凰涅槃的城市，都能一切平安吉祥！

凤凰涅槃的城市

虽然在来的路上，早有心理准备。

当我站在唐山大地震的纪念碑前，依然使我的心震慑不已。

震慑我的是，纪念碑是如此高大，如此宽远；碑上的名字是如此深刻，如此清晰；一个人的名字，一对夫妻的名字，一个家族的名字，以及许许多多的无名氏，在坚硬的大理石上，一笔一画，写下生命的句点。

这一次，我是应中国移动公司的邀请，在河北巡回演讲，我特别选择到"唐山"，因为这个地名实在太熟悉了，不只是它发生过大地震。小时候，祖辈提到我们先人的来处，都会说"古早、古早，唐山过台湾"，真有一个地方叫"唐山"，或者是祖先心里对故乡的象征。

唐山的朋友对我提出的十几个演讲题目，选中的是"从人生的最底层出发"，原因是三十年前的大地震摧毁了一切，唐山的人和唐山的物资都是从外地一点一滴累积起来的，真的是从人生最底层向上爬出来的。

经过三十年，唐山市一共有七百六十万人口，足足是台北市的三倍。

夜里，站在五星级大饭店高高的窗口，俯览唐山市的夜景，全是高楼，几乎没有矮房子，因为矮房子全在大地震中震垮了。唐山也没有老旧小区，没有都市更新的问题，因为老区也在大地震中完全摧毁了。

现在目击的一切，都是新而辉煌，高耸的大楼、巨大的百货公司、宽敞明亮的餐厅，一切都是那么美好！如果没有人一再的提醒，会让人浑然不觉这里曾经崩天裂地，发生过中国最大的地震。

唐山人会自豪地说，这里是中国最重要的煤业基地，这里也是中国最重要的钢铁产地，这里也是中国最大的动车与地铁打造和设计的基地……

但他们更自豪的是"唐山是凤凰涅槃的城市"。

当我走出唐山新建的机场，"一座凤凰涅槃的城市"就被当成标语，树立在机场的出口。

唐山人自比为"凤凰"，他们和一般的城市不同，他们曾经涅槃过，他们在火焚中重生。

轻轻抚触纪念碑上的名字，感觉到大理石传过来的一阵冰凉，天地不仁，以万物为刍狗！自以为强大的人呀！与路旁的草木有什么不同呢？不！人比草木更脆弱，断裂之后，草木还能复生！

君可怜见，日本大地震后，吉野樱依然盛开如昔，东北知名的千年大樱树，今年开得比去年更甚，被称为是难得一见的"樱瀑"！

我想到，两年前我到印度尼西亚的棉兰演讲，朋友带我去看前年发生海啸的苏门答腊岛附近的岛屿，十分钟冲入的海水，夺走了三十万人的生命，不像唐山市民那么幸运，还把名字立在碑上，海啸冲走的人，已不在他原居的乡城，人的面貌也无以辨认，最后只好草草埋了。朋友说："连焚烧都没有木柴，挖了一个大坑，一排一排的迭起，用土埋了！家人站在这里祭拜，拜的不只是自己的亲人，而是几十万人一起拜了！"

我沿着海岛的平沙散步，海水依然湛蓝，热带林木翠绿而巨大，风呼呼作响，我想到，数十年后，人们会遗忘这里悲惨的一刻，未死的人并不是有什么超凡的能力，只是，他们的心里住着一只凤凰，只能在火焚中重生。

日本的地震又何尝不是这样，我曾经偕妻子带着孩子在东北旅行，走过福岛、松岛、宫城、青森……随着松尾芭蕉的奥之细道，住过宫泽贤治的故居，如今都已成梦幻了。

我想起地震时的一个故事，父亲单独开着车往山上逃，儿子载着母亲、媳妇、孙子女开另一部车跟在后面，海啸以时速八百公里的速度追来，瞬间把儿子开的车吞没，侥幸逃生的父亲回头一望，儿子的车在津波中载沉载浮，儿子打开车灯，一闪一闪一闪一闪，父亲泪崩地说："那车灯是儿子最后的道别，他说，永别了，爸爸！"

那狂暴的海啸冲走了一万多人，使得日本大地震，失踪人口竟多过死亡的人口。

天地岂止是不仁，简直是无情！

当儿子愁容满面地问我："爸爸！不知道我们多久以后，才能再去松岛呢！"

我说："应该很快吧！"

听说松岛翠绿的松还在，松岛的海鸥还在，但这并非我信念的来源，我的信念是，人心中的那只凤凰，总会重生！

在唐山，听说唐山是治安很好的城市，因为经过三十年的一震，唐山人相信生命是无常的，唐山人也相信因果。夜里，我独自沿着街头散步，看着高大坚实的楼盘，仿佛听见有凤凰飞过。

想到凤凰这种鸟，在古书中说："五色备举，出于东方君子之国，翱翔四海之外，……见则天下大安宁！"

我卑微地祈愿：凡是经过凤凰涅槃的城市，都能一切平安吉祥！

能断烦恼

那时他们都太年轻了，不知道如何表示情意，
只是像凤凰花，逢到夏天就用心地开放，美丽着，等待知心的人。

开满凤凰的小巷

沿着西门路，他转进了记忆里一条美丽的小巷。

那条巷子，在他读中学的时候，每到夏天，就一家家的燃烧起一种极辉煌灿耀的红色，那是台南特有的吐着热烈生命之血的凤凰树。

凤凰树不能只用美来说它，因为美对它是次要的，更重要的是它带着一点怒放叛逆的血色。到盛暑之际，只要有风，花瓣就脱离青枝，狂飞了起来。

她的家就在那条植满凤凰的小巷，家院里则种着两棵巨大而古老的凤凰树，比整条巷子的任何凤凰树都要高大。他每次走进巷里，远远看见那两棵凤凰树，心中的某些情愫就被点燃了起来。

但他只能站在远处的巷口候她，因为她是古城里的世家少女，她的父母正为她规划着成为音乐家的美梦。有时他在巷口站了一天也等不到她，只能在远远的地方，听着从凤凰花的隙缝中传来一阵又一阵悠扬的钢琴声。他那时还是乡下来的少年孩子，觉得能在静静的一角听她手中弹出的琴声已是一种幸福了。

有时候，他就地捡拾了她家凤凰树落在墙外的红花，放在口袋里，也仿佛已经站在院里看过她了。

运气特别好的时候，会等到她。真见了面，也没有特别的话说，只是并肩从巷里走出来，走过一地凤凰花的魂魄，谈些不着边际的梦；有时默默牵着手，感动得说不出一句话。那时他们都太年轻了，不知道如何表示情意，只是像凤凰花，逢到夏天就用心地开放，美丽着，等待知心的人。

他离开台南的最后一天，仍然不能和她见面。他静静靠在墙上，让忧伤的红花，一朵朵地落在身上，直到她的琴声完全歇止，才走出那凤凰花已经完全凋零的八月。

他们那稚嫩的犹带乳香的情怀，就这样成为往日了。

好不容易找到她家门前，凤凰树已经被砍了，巷子的人也都搬了，只剩下一些清冷的阴影随阳光移动着。

这时，她弹过的乐曲玎玎琮琮从幽深的巷中涌动出来。

"天寒露重，望君保重。"
我轻轻朗诵着母亲的话语，感觉这句话就可以供养天地。

天寒露重，望君保重

寂寞秋霜树，

绿红各几枝。

冬来寒气至，

天涯飘零时。

到阳明山看樱花，春日的樱花一片繁华，仿如昨夜未睡的红星携手到人间游玩，来不及回到天上。

在每年樱花盛开的时候，我都会感到恋恋不舍，隔个两三天总会到山上与樱花见面。

我喜欢在樱花林中散步，踩过满地的落英。这人间是多么繁华呀！人间的繁华又是多么容易凋落呀！樱花给我的启示是，不管时间是多么短暂，都要把一切的生命用来开放，如果盛放的时刻是美的，凋落时尽管无声，也会留下美的痕迹。

与樱花的相会，我总感觉与樱花的心灵相映，我们的心里保留了天地的爱、保存了美，才能在春风吹拂之前，温柔地点燃。

穿过樱花林，去泡个温泉吧！

阳明山的白温泉，如梦的乳花，使人觉得不似在人间，尤其坐在露天的温泉土坡，俯望着小草山，看山间日暮的浓雾迤逦前来，将整片山林包覆。

山是温柔，雾是温柔，樱花是温柔，心是一切温柔的起点，我愿能常保这一切温柔的心情。

我泡在温泉池里，看着茫茫白雾，突然从心底冒出了一句话："天寒露重，望君保重。"

这是妈妈写信给我最常用的句子。

我十五岁就离开家乡，在远地的城市读高中，每个星期，妈妈总会写信给我。也许是受日本教育的缘故，妈妈的信有固定的格式，信封上她写的是"林清玄君样"。春天，她常在信末写着"春日平安"；到了冬天，她总是写"天寒露重，望君保重。"

从高中时代到大学毕业，妈妈的问候语从未改变，一直到我装了电话，妈妈才停止写信给我。每年冬天的每个周末，我都期待着接到母亲的信，每当我看到"天寒露重，望君保重"时，内心总会涌起无限的暖流，在这么简短的语言里，蕴藏了妈妈深浓的爱意，爱是弥天盖地的，比雾还浓。

与内心深刻的情意相比，文字显得无关紧要，作为一个作家想要描摹情意，画家想要涂绘心境，音乐家想要弹奏思想，都只是勉力为之。我们使用了许多复杂的技巧、细致的符号、美丽的象征、丰富的譬喻，到最后才发现，往往最简单的最能凸显精神，最素朴的最有隽永的可能。

我们花许多时间建一座殿堂，最终被看见的只是小小的塔尖，在更远的地方，或者连塔尖也不见，只能听到塔里的钟声。

"天寒露重，望君保重。"这是母亲给我的生命的钟声，在母亲离世多年以后，还温暖着我，使我眼湿。

简单，而有丰沛的爱。

平常，而有深刻的心。

这是母亲给我最美好的遗产，她的一生充满简单生活的美，美在自然、美在简单、美在含蓄。

我的文学，也希望，能不断地趋近那样的境界。

洗去了一切的尘埃，我带着淡淡的硫黄香气下山，摇下车窗，让山风吹拂脸颊。山风温柔无语，带着无可言说的芬芳穿过来、穿过去，山樱的红，枫叶的橙，茶花的白，也随山风迎面。

"天寒露重，望君保重。"我轻轻朗诵着母亲的话语，感觉这句话就可以供养天地。

感觉，在遥远的、如梦的、不可知仙境的妈妈，也能微笑垂听。

Part 4
生命的风雨都是掌声

人也是这样，年少的时候自以为才情纵横，英雄盖世，到了年岁渐长，才知道那只是贼光激射。经过了岁月的磨洗，知道了人外有人、天外有天，贼光才会收敛；等到贼光消失的时候，也正是宝光生起之时。

自心清净

经过了岁月的磨洗，知道了人外有人、天外有天，贼光才会收敛；
等到贼光消失的时候，也正是宝光生起之时。

贼光消失的时候

朋友从意大利进口了一批老水晶灯，邀我们去欣赏。

满满一屋子的老水晶灯，悬空而挂，犹如烛光的小火皆已点燃，使人仿佛置身在中古欧洲的草原上，满天的星星。看完星星，走入古堡，草原的星光也被带入了屋子，王子与公主正乘着小步舞曲的乐音，在大厅中旋舞。

这些星光与舞曲，在时空中漂流，流到了台北。

细数着老水晶灯的来历，我们都听得痴了。

贼光消失，宝光升起

朋友得知意大利乡间有一些古堡，准备翻修，正在出售堡内的灯具，特意请意大利的朋友去标购，把已有百年历史的古董水晶灯全数买下，总共有三百多盏，运回台北，准备与有缘的朋友分享。

老水晶灯全部是施华洛世奇的作品，打着一百年前的徽章，从灯架、设计、水晶，无一不是巅峰之作。

让我惊奇的是，通常在一个空间，只要有两盏主灯，有的会互斥，有的会互相消减光芒，这些老水晶灯却不然，几十盏在一起，互相协调、互相照亮、互相衬托，就像花园的百花那么自然，一点也没有人工的造作。

朋友说："那是因为，这些水晶灯的贼光消失了！当贼光消失的时候，宝光就会升起！什么是贼光呢？贼光就是会互斥互抢的光，是不知收敛的光，是不含蓄、不细腻、不温柔、不隐藏的光。"

然后，我们就在贼光已经消失的水晶灯下，谈起贼光。

有人说：现代的工匠或许也能做出精美的作品，因为贼光太盛，与其他的东西摆在一起，不是抢走了光芒，就是互相碍眼。

有人说：明式家具之所以美好，是因为它贼光消失，在陋室，不减其光芒；在皇宫，也不会刺眼。

有人说：我就是见不得现代的水晶和琉璃作品，贼光旺盛，价位也充满了贼光。

有人恍然大悟地说：从前看古董，内心都会感到特别的优美和安静，一直在内心感动着，也疑惑着，原来是因为贼光消失的缘故呀！

时空洗炼后产生的真宝之光

现在人崇尚华丽、精致，所做的器物无不以豪华为能事，但是豪华到了顶点，重形式胜过内涵，贼光也就不能隐藏。一定要经过许多时间的考验，许多东西被淘汰，只剩下内涵形式并美的东西；再经过一段时间，贼光隐没，宝光升起，就能与周遭的一切相容并蓄，并且随着日月，一天比一天优美。

我想，这就是不论中外，古董的魅力吧！我们看拍卖场上的瓷器、珠宝、家具，并不像现代的作品光芒焕发，却能以数千倍于现代作品的价格拍卖出去，因为那种真宝之光，只有经过时间与空间的洗炼，才会产生。

人也是这样，年少的时候自以为才情纵横，英雄盖世，到了年岁渐长，才知道那只是贼光激射。经过了岁月的磨洗，知道了人外有人、天外有天，贼光才会收敛；等到贼光消失的时候，也正是宝光生起之时。

宝光生起的事物，自然平常，能与一切的外境相容，既不夺人，也不夺境，却不减损自己的光芒。

宝光生起的人，泰然自若，沉静谦卑，既不显露，也不隐藏，他与平常人无异，只是在生活中保持着灵敏和觉知。

这世上比较可悲的是，贼光容易被看见，致使一般人认为贼光是有价值的，反而那些宝光涵容的人和事物，是很少被观见的。

宝光之物，乃宝光之眼才能看见。

宝光之人，唯宝光之心才能相映。

一旦有一粒微尘扬起，整个大地就在那里显现。

一个狮子的身上显示千万个狮子，千万个狮子身上也显示一个狮子。

一切都是千千万万个，你只要认识一个，就识得千千万万。

这是慈明禅师的话语，要认识焕发宝光的人、事物，不一定要学习认识和鉴赏，只要自己贼光消失，宝光生起，一切不都是那么鲜明吗？

水有许许多多的源头，水的本质只有一种。

千江有水都映着月亮，天上的月亮只有一轮。

我看着那些美丽的古灯，贼光早就消散，宝光暖暖，想起自己在青年时代自以为光芒万丈的情景，经过许多许多年，那些贼光才隐藏了。

当贼光消失的时候，放眼望去，总是一片繁华，仿佛坐在一片漆黑的山顶，看着华灯万盏的倾城夜景，虽身处黑暗，心里也是华光一片。

贼光旺盛，则红尘暗淡。

贼光消失，世界就亮了起来。

自心清净

能断烦恼

路上捡到一粒贝壳

午后，在仁爱路上散步。

突然看见一户人家院子种了一棵高大的面包树，那巨大的叶子有如扇子，一扇扇地垂着，迎着冷风依然翠绿一如在它热带祖先的雨林中。

我站在围墙外面，对这棵面包树十分感兴趣，那家人的宅院已然老旧，不过，在这一带能有着一个平房，必然是亿万的富豪了。令我好奇的是这家人似乎非常热爱园艺，院子里有着许多高大的树木，园子门则是两株九重葛，往两旁生长而在门顶握手，使那扇厚重的绿门仿佛带着红与紫两色的帽子。

绿色的门在这一带是十分醒目的。我顾不了礼貌，往门隙中望去，发现除了树木，主人还经营了花圃，各色的花正在盛开，带着颜色在里面吵闹。

等我回过神来，退了几步，发现寒风还鼓吹着双颊，才想起，刚刚往门内那一探，误以为真是春天了。

脚下有一些裂帛声，原来是踩在一张面包树的扇面了，叶子大如脸盆，却已裂成四片，我遂兴起了收藏一张面包树叶的想法，找到比较完整的一片拾起。意外，可以说非常意外地发现了，树叶下面有一粒粉红色的贝壳。把树叶与贝壳拾起，就离开了那个家门口。

但是，我已经不能专心地散步了。

冬天的散步，于我原有运动身心的功能，本来在身心上都应该做到无念和无求才好，可惜往往不能如愿。选择固定的路线散步，当然比较易于无念，只是每天遇到的行人不同，不免使我常思索起他们的职业或背景来，幸而城市中都是擦身而过的人，念起念息有如缘起缘灭，走过也就不会挂心了；一旦改变了散步的路线，初开始就会忙碌得不得了，因为新鲜的景物很多，念头也蓬勃，仿佛汽水开瓶一样，气泡兴兴灭灭地冒出来，念头太忙，回家来会使我头痛，好像有某种负担；还有一种情况，是很久没有走的路，又去走一次，发现完全不同了，这不同有几个原因，一个是自己的心境改变了，一个是景观改变了，还有一个重要原因，是季节更迭了。使我知道，这个世界是无常的因缘所集合而成，一切可见、可闻、可尝的事物竟没有永久（或只是较长时间）的实体，一座楼房的拆除与重建只是比浮云飘过的时间长一点，终究也是幻化。

我今天的散步，就是第二种，是旧路新走。

这使我在尚未捡面包树叶与贝壳之前，就发现了不少异状。例如我记得去年的这个时间，安全岛的菩提树叶已经开始换装，嫩红色的小叶芽正在抽长，新鲜、清明、美而动人。今年的春天似乎迟了一些，菩提树的叶子，感觉竟是一叶未落，老得有一点乌黑，使菩提树看起来承受了许多岁月的压力，发现菩提树一直等待春天，使我也有些着急起来。

木棉花也是一样，应该开始落叶了，却尚未落。我知道，雨降、风吹、叶落、花开、雷鸣、惊蛰都是依时序的缘而升起，而今年的春天之缘，为什么比往年来得晚呢？

还看到几处正在赶工的大楼，长得比树快多了，不久前开挖的地基，已经盖到十楼了。从前我们形容春雨来时农田的笋子是"雨后春笋"，都市的楼房生长也是雨后春笋一样。这些大楼的兴建，使这一带的面目完全改观，新开在附近的商店和一家超级啤酒屋，使宁静与绿意备受压力。

记忆最深刻的是路过一家新开业的古董店，明亮的橱窗在最醒目的地方摆了一个巨大的白水晶原矿石，店家把水晶雕成一只台湾山猪正被七只狼（或者狗）攻击的样子，为了突出山猪的痛苦，山猪的蹄子与头部是镶了白银的，咧嘴哀号，状极惊慌。标价自然十分昂贵，我这辈子一定不能储蓄到与那标价相等的金钱。把这么美丽而昂贵的巨大水晶（约有桌面那么大），却作了如此血腥而鄙俗的处理，竟使我生出了一丝丝恨意和巨大怜悯，恨意是由雕刻中的残忍意识而生，怜悯是对于可能把这座水晶买回的富有的人。其实，我们所拥有和喜爱的事物无不是我们心的呈现而已。

如果我有一块如此巨大的水晶，我愿把它雕成一座春天的花园，让它有透明的香气；或者雕成一尊最美丽的观世音菩萨，带着慈悲的微笑，散放清明的光芒；或者雕几个水晶球，让人观赏自信的光明；或者什么都不雕，只维持矿石的本来面目。

想了半天才叫了起来，忘记自己一辈子不可能拥有这样的水晶，但这时我知道不能拥有比可以拥有或已经拥有使我更快乐。有许多事物，"没有"其实比"持有"更令人快乐，因为许多的有，是烦恼的根本，而且不断地追求有，会使我们永远徘徊在迷惑与堕落的道路。幸而我不是太富有，还能知道在人世中觉悟，不致被福报与放纵所蒙蔽；幸而我也不是太忙碌或太贫苦，还能在午后散步，兴趣盎然地看着世界。从污秽的心中呈现出污秽的世界，从清净的心中呈现出清净的世界，人的境况或有不同，若能保有清净的观照，不论贫富，都不能转动他。

看看一个人的念头多么可怕，简直争执得要命，光是看到一块残忍的水晶雕刻，就使我跳跃一大堆念头，甚至走了数百米，完全忽视眼前的一切。直到心里一个声音对我说了一句话，才使我从一大堆纷扰的念头中醒来：

"那只是一块水晶，山猪或狼只是心的觉受，就好像情人眼中的兰花是高洁的爱情，养兰者的眼中兰花总有个价钱，而武侠小说里，兰花常常成为杀手冷酷的标志。其实，兰花，只是兰花。"

从念头惊醒，第一眼就看到面包树，接下来的情景如同上述。拿着树叶与贝壳的我也茫然了。

尤其是那一粒贝壳。

这粒粉红色的贝壳虽然新而完好，但不是百货公司出售的那种经过清洗磨光的贝壳，由于我曾在海边住过，可以肯定，贝壳从海岸上捡来不久，还带着海水的气息。奇特的是，海边来的贝壳如何掉落到仁爱路的红砖道上呢？或者是无心的遗落，例如跑步时从口袋掉出来？或者是有心的遗落，例如情人馈赠而爱情已散？或者是……有太多的或者是，没有一个是肯定的答案。唯一肯定的是，贝壳，终究已离开了它的海边。

　　人生活在某时某地，真如贝壳偶然落在红砖道上，我们不知道从哪里、为何、干什么地来到这个世界，然后不能明确说出原因就迁徙到这个都市，或者说是飘零到这陌生之都。

　　"我为什么来到这世界？"这句话使我在无数的春天中辗转难眠，答案是渺不可知的，只能说是因缘的和合，而因缘深不可测。

　　贝壳自海岸来，也是如此。

　　一粒贝壳，也使我想起在海岸居住的一整个春天，那时我还多么少年，有浓密的黑发，怀抱着爱情的秘密，天天坐在海边沉思。到现在，我的头发和爱情都有如退潮的海岸，露出它平滑而不会波动的面目。少年的我在哪里呢？那个春天我没有拾回一粒贝壳、没有摄过一张照片，如今竟已完全遗失了一样。偶尔再去那个海岸，一样是春天，却感觉自己只是海面上的一个浮沤，一破，就散失了。

　　世间的变迁与无常是不变的真理，随着因缘的改变而变迁，不会单独存在、不会永远存在，我们的生活有很多时候只是无明的心所映现的影子。因此，我们可以这样说，少年的我是我，因为我是从那里孕育，而少年的我也不是我，因为他已在时空中消失；正如贝壳与海的关系，我们从一粒贝壳可以想到一片海，甚至与海有关的记忆，竟然这粒贝壳是在红砖道上拾到，与海相隔那么遥远！

　　想到这些，差不多已走到仁爱路的尽头了，我感觉到自己有时像个狂人，时常和自己对话不停，分不清是在说些什么。我忆起父亲生前有一次和我走在台北街头突然说："台北人好像仔，一天到暗在街仔赖赖趖。"翻成

自心清净

136

普通话是："台北人好像神经病，一天到晚在街头乱走。"我有时觉得自己是仔之一，幸而我只是念头忙碌，并没有像逛街者听见换季打折一般，因欲望而狂乱奔走；而且我走路也维持了乡下人稳重谦卑的姿势，不像台北那些冲锋陷阵或龙行虎步的人，显得轻躁带着狂性。

尤其我不喜欢台北的冬天，不断的阴雨，包裹着厚衣的人在拥挤的街道，有如撞球台的圆球撞来撞去。春天来就会好些，会多一些颜色、多一点生机，还有一些悠闲的暖气。

回到家把树叶插在花瓶，贝壳放在案前，突然看到桌上的皇历，今天竟是立春了：

"斗指东北为立春，时春气始至，四时之卒始，故名立春也。"

我知道，接下来会有雨水、惊蛰、春分、清明、谷雨，台北的菩提树叶会换新，而木棉与杜鹃会如去年盛开。

自心清净

与其平凡地过一生，还不如璀璨地过一天，
璀璨的一天是这么短，却是真正美丽的开放。

裸樱

　　他们一起到京都旅行，黄昏时分，沿着古寺的墙垣散步时，整个的感觉像长安在心里复活。长安是多么远呀，可是这时是活着的。

　　不同的是，京都正盛开着樱花。

　　樱花是一种特别的花，有点像流浪者的爱情，速开速谢。每天清晨，他们走到樱花树下，因为一夜的风，满地已经铺着樱花失散了枝干的魂，若有轻微的风，那些樱花的魂魄就在地上轻轻舞动，有一种告别的姿势。

　　她说她爱那树上盛开的樱花，血红的，好像带着一种不可变移的烙记。他同意着，但其实他心里更为樱花落下时旋转飞动的姿态而动容。

　　她仰起头来，看着满园粉红的樱花说："想起来，樱花蛮令人同情的，它的美那样短暂，因此要拼命把美丽裸露出来给人看，就像即将生离死别的爱侣，互相褪下衣裳，欣赏对方最后的裸体，那样的美，却那样的凄楚；那样的动人，却那样的锥心。然后，经过一夜的缠绵，就不得不凋零了……"

她说着说着，声音突然哑了，深深呼吸，抑住即将流下的泪。那时，他们同时想起他们的爱，真像她口中的樱花，拼命美丽着，只因为预知了凋零的未来。

他紧紧握住她冰凉的手，说："与其平凡地过一生，还不如璀璨地过一天，璀璨的一天是这么短，却是真正美丽的开放。"他摘下一朵开得最盛的樱花放在她手里，看着她忍不住的泪水缓缓落下。

他们同时抬头看着天空刺血的烙印一样的樱花。她转过身来，互相紧紧地拥抱，任樱花落了一地，任远方有长安来的马蹄，好像当刻死去也无憾了。

第二天，樱花落得比前一夜更盛。

能
断
烦
恼

太阳雨

对太阳雨的第一印象是这样子的。

幼年随母亲到芋田里采芋梗，要回家做晚餐，母亲用半月形的小刀把芋梗采下，我蹲在一旁看着，想起芋梗油焖豆瓣酱的美味。

突然，被一阵巨大震耳的雷声所惊动，那雷声来自远方的山上。

我站起来，望向雷声的来处，发现天空那头的乌云好似听到召集令，同时向山头的顶端飞驰奔跑去集合，密密层层地叠成一堆。雷声继续响着，仿佛战鼓频催，一阵急过一阵，忽然，将军喊了一声："冲呀！"

乌云里哗哗洒下一阵大雨，雨势极大，大到数公里之外就听见噼啪之声，撒豆成兵一样。我站在田里被这阵雨的气势慑住了，看着远处的雨幕发呆，因为如此巨大的雷声、如此迅速集结的乌云、如此不可思议的澎湃之雨，是我第一次看见。

说是"雨幕"一点也不错，那阵雨就像电影散场时拉起来的厚重黑幕，整齐地拉成一列，雨水则踏着军人的正步，齐声踩过田原，还呼喊着雄壮威武的口令。

平常我听到大雷声都要哭的，那一天却没有哭，就像第一次被鹅咬到屁股，意外多过惊慌。最奇异的是，雨虽是那样大，离我和母亲的位置不远，而我们站的地方阳光依然普照，母亲也没有要跑的意思。

"妈妈，雨快到了，下很大呢！"

"是西北雨，没要紧，不一定会下到这里。"

母亲的话说完才一瞬间，西北雨就到了，有如机枪扫空，哗啦一声从我们头顶掠过。就在扫过的那一刹那，我的全身已经湿透，那雨滴的巨大也超乎我的想象，绽开来几乎有一个手掌，打在身上，微微发疼。

西北雨淹住我们，继续向前冲去。奇异的是，我们站的地方仍然阳光普照，使落下的雨丝恍如金线，一条一条编织成金黄色的大地，溅起来的水滴像是碎金屑，真是美极了。

母亲还是没有要躲雨的意思，事实上空旷的田野也无处可躲，她继续把未采收过的芋梗采收完毕。记得她曾告诉我，如果不把粗的芋梗割下，包覆其中的嫩叶就会壮大得慢，地里的芋头也长不坚实。

把芋梗用草捆扎起来的时候，母亲对我说："这是西北雨，如果边出太阳边下雨，叫作日头雨，也叫作三八雨。"接着，她解释说，"我刚刚以为这阵雨不会下到芋田，没想到看错了，因为日头雨虽然大，却下不广，也下不久。"

我们在田里对话就像家中一般平常，几乎忘记是站在庞大的雨阵中，母亲大概是看到我愣头愣脑的样子，笑了，说："打在头上会痛吧！"然后顺手割下一片最大的芋叶，让我撑着，芋叶遮不住西北雨，却可以暂时挡住雨的疼痛。

　　我们工作快完的时候，西北雨就停了，我随着母亲沿田埂走回家，看到充沛的水在川沟里奔流，整个旗尾溪都快涨满了，可见这雨虽短暂，却是多么巨大。

　　太阳依然照着，好像无视于刚刚的一场雨，我感觉自己身上的雨水向上快速地蒸发，田地上也像冒着腾腾的白气。觉得空气里有一股甜甜的热，土地上则充满着生机。

　　"这西北雨是很肥的，对我们的土地是最好的东西，我们种田人，偶尔淋几次西北雨，以后风呀雨呀，就不会轻踩，让我们感冒。"田埂只容一人通过，母亲回头对我说。

　　这时，我们走到蕉园附近，高大的父亲从蕉园穿出来，全身也湿透了："咻！这阵雨真够大！"然后他把我抱起来，摸摸我的光头，说："被雷公惊到否？"我摇摇头，父亲高兴地笑了：

　　"哈……金刚头，不惊风、不惊雨、不惊日头。"

　　接着，他把斗笠戴在我头上，我们慢慢地走回家去。

　　回到家，我身上的衣服都干了，在家院前，我仰头看着刚刚下过太阳雨的田野远处，看到一条圆弧形的彩虹，晶亮地横过天际，天空中干净清朗，没有一丝杂质。

　　每年到了夏天，在台湾南部都有西北雨，午后刚睡好午觉，雷声就会准时响起，有时下在东边，有时下在西边，像是雨和土地的约会。在台北，夏天的时候如果空气污浊，我就会想："如果来一场西北雨就好了！"

西北雨虽然狂烈，却是土地生机的来源，也让我们在雄浑的雨景中，感到人是多么渺小。

我觉得这世界之所以会人欲横流、贪婪无尽，是由于人不能自见渺小，因此对天地与自然的规则缺少敬畏的缘故。大风大雨在某些时刻给我们一种无尽的启发，记得我小时候遇过几次大台风，从家里的木格窗，看见父亲种的香蕉，成排成排地倒下去，心里忧伤，却也同时感受到无比的大力，对自然有一种敬畏之情。

能断烦恼

台风过后，我们小孩子会相约到旗尾溪"看大水"，看大水淹没了溪洲，淹到堤防的腰际，上游的牛羊猪鸡，甚至农舍的屋顶，都在溪中浮沉漂流而去。有时还会看见两人合围的大树，整棵连根流向大海，我们就会默然肃立，不能言语。呀！从山水与生命的远景看来，人是渺小一如蝼蚁的。

我时常忆起那骤下骤停、瞬间阳光普照或一边下大雨、一边出太阳的"太阳雨"。所谓的"三八雨"就是一块田里，一边下着雨，另外一边却不下雨，我有几次站在那雨线中间，让身体的右边接受雨的打击、左边接受阳光的照耀。

"三八雨"是人生的一个谜题，使我难以明白，问了母亲，她三言两语就解开这个谜题，她说："任何事物都有界限，山再高，总有一个顶点；河流再长，总能找到它的起源；人再长寿，也不可能永远活着；雨也是这样，不可能遍天下都下着雨，也不可能永远下着……"

过程里固然变化万千，结局也总是不可预测，我们可能同时受着雨的打击和阳光的温暖，我们也可能同时接受阳光无情的曝晒与雨水有情的润泽，山水介于有情与无情之间，能适性地、勇敢地举起脚步，我们就不会因自然的轻踩而感冒。

在苏东坡的词里有一首《水调歌头·黄州快哉亭赠张偓佺》，我很喜欢，他说：

> 落日绣帘卷，亭下水连空。
>
> 知君为我新作，窗户湿青红。
>
> 长记平山堂上，欹枕江南烟雨，杳杳没孤鸿。
>
> 认得醉翁语，山色有无中。
>
> 一千顷，都镜净，倒碧峰。
>
> 忽然浪起，掀舞一叶白头翁。
>
> 堪笑兰台公子，未解庄生天籁，刚道有雌雄。
>
> 一点浩然气，千里快哉风！

在人生广大的倒影里，原没有雌雄之别，千顷山河如镜，山色在有无之间，使我想起南方故乡的太阳雨，最爱的是末后两句："一点浩然气，千里快哉风！"

心里存有浩然之气的人，千里的风都不亦快哉，为他飞舞、为他鼓掌！

这样想来，生命的大风大雨，不都是我们的掌声吗？

能断烦恼

心灵里的烦恼、悲哀、痛苦，要在今天做个了结，
明天自有明天的痛苦，就让明天的肩膀来承担吧！

今天的落叶

　　小时候，家后面有一大片树林，起风的时候，林中的树叶随风飘飞，有时会飞入厅堂和灶间。因此，爸爸规定我们，上学之前要先去树林扫落叶，扫干净了，才可以去上学。

　　天刚亮的时刻起床扫落叶，是一件苦事，特别是在秋冬之际，林间的树木好像互相约定似的，总是不停地有叶子落下来。

　　我们农家的孩子，一向不敢抱怨爸爸的规定，但要清晨扫地，心里还是有怨的，只能用脸上的表情来表达。有一天，爸爸正要下田工作，看到我们"面傲面臭"的样子，就把我们通通叫过去，说："扫地扫得这么艰苦，来！爸爸教你们一个简单的方法，以后扫地之前先把树摇一摇，把明天的叶子先摇下来，两天扫一次就好了。"

　　我们一听，兴奋得不得了，对呀！这么棒的想法，我们怎么从来没有想过呢？我说："爸！这么赞的方法，怎么不早说呢？"爸爸面露微笑，扛着他的长扫刀到香蕉园去了。

第二天，我们起得比平常更早，扫地之前先去摇树，希望把明天的叶子先摇下来，摇到一大半已经满头大汗，才发现原来摇树比扫地更累，特别是要把第二天的叶子摇落，真是不简单。当我们树也摇好了，地也扫干净了，正坐在庭院里休息时，一阵风吹来，叶子又纷纷掉落，这使我们感到非常惊异：奇怪！这样的事情怎么会发生呢？

坐在一旁的哥哥说："可能是摇得力气太小的关系，明天我们更用力来摇。"弟弟说："是呀，是呀！最好把后天的也摇下来。"我说："如果能把七天的叶子一起摇下来，那我们一星期扫一次就好了。"第三天，我们起得更早、更用力地摇树，希望把七天的树叶都摇下来，我们就会过着幸福快乐的日子了。非常奇怪的是，不论我们用多大的力量摇树，第二天的树叶也不会在今天落下来，爸爸看见我们苦恼的样子，才安慰我们说："憨囝仔，一天把一天的工作做好，工作才会实在，想要一天做两天的工作，是在奢想呀！"

原来，在树林里并没有"明天的树叶"可扫，虽然，明天的树叶一定会落下来，今天能把今天的树叶扫完，也就好了。童年扫落叶的经验给我很好的启示，我们生活中所面临的一切不也是这样吗？未来虽然有远大的梦想，活在当下、活在此刻、活在今天，才是生命实在的态度。树林里的落叶，要在今天扫干净，明天自有明天的落叶，不必烦忧。

心灵里的烦恼、悲哀、痛苦，要在今天做个了结，明天自有明天的痛苦，就让明天的肩膀来承担吧！

自心清净

一杯蜜是炼过几只蜂的

住处附近，有一家卖野蜂蜜的小店，夏日里我常到那里饮蜜茶，常觉在炎炎夏日喝一杯冰镇蜜茶，甘凉沁脾，是人生一乐。

今年我路过小店，冬蜜已经上市，喝了一杯蜜茶，付钱的时候才知道涨了一倍有余，我说："怎么这样贵，比去年涨了一倍。"照顾店面眉目清秀的中学小女生，讲得一口流利的好"国语"，马上应答道："不贵，不贵，一杯蜜是炼过几只蜂的。"

这句话令我大惑不解，惊问其故。小女生说："蜜蜂酿一滴蜜，要飞很远的地方，要采过很多花，有时候摘蜜，要飞遍一整座山头哩！还有，飞得那么远，说不定会迷路，说不定给小孩子捉了，说不定飞得疲倦，累死了。"听了这一番话，我欣然付钱，离开小店。

走回家的路上，我一直想着那位可爱的小女孩说的话，一任想象力奔飞，也许真是这样的，一杯在我们手中看起来不怎么样的蜜茶，是许多蜜蜂历经千辛万苦才采集得来，我们一口饮尽。一杯蜜茶，正如饮下了几只蜜蜂的精魂。蜜蜂是一种奇怪的动物，它飞来飞去，历遍整座山头、整个草原，搜集了花的精华，一丝一丝酝酿，很可能一只蜜蜂的一生只能酿成一杯我们喝一口的蜜茶吧！

几年前，我居住在高雄县大岗山的佛寺里读书，山下就有许多养蜂人家，经常的寻访，使我对蜜蜂这种微小精致的动物有一点认识。养蜂的人经常上山采集蜂巢，他们在蜂巢中找到体型较大的蜂王，把它装在竹筒中，一霎时，一巢嗡嗡营营的蜜蜂巢都变得温驯听话了，跟在手执蜂王的养蜂人后面飞，一直飞到蜂箱里安居。

蜜蜂的这种行为是让人吃惊的，对于蜂王，它们是如此专情，在一旁护卫，假若蜂王死了，它们就一哄而散，连养蜂人都不得不佩服，但是养蜂人却利用了蜜蜂专情的弱点，驱使它们一生奔走去采花蜜——专情的人恐怕也有这样的弱点，任人驱使而不自知。

但是蜜蜂也不是绝对温驯的，外敌来犯，它们会群起而攻，毫不留情，问题是，每一只蜜蜂的腹里只有一根螯刺，那是它们生命的根本，一旦动用那根螯刺攻击了敌人，它们的生命很快也就完结了。用不用螯刺在蜜蜂是没有选择的，它明知会死，也要攻击。——有时，人也要面临这样的局面，选择生命而畏缩的人往往失败，宁螯而死的往往成功，因为人是有许多螯刺的。

养蜂的人告诉我，蜜蜂有时也有侵略性的，当所有的花蜜都采光的时候，急需蜂蜜来哺育的蜜蜂就会倾巢而出，到别的蜂巢去抢蜜，这时就会发生一场激烈的战斗，直到尸横遍野才分出胜负——人何尝不是如此，仓廪实才知荣辱，衣食足才知礼仪。

为了应付无蜜的状况，养蜂人只好欺骗蜜蜂，用糖水来养蜜蜂，让它们吃了糖水来酿蜜，用来供应爱吃蜜的人们——再精明的蜜蜂都会上当，就像再聪明的人也会上当一样。蜜蜂是有社会性的群居动物，在某些德行上和人是很接近的，但是不管如何，蜜蜂是可爱的，它们为了寻找花中甘液，万苦不辞，里面确实有一些艺术的境界。在汲汲营营的世界里，究竟有多少人能为了追求甘美的人生理想而永不放弃呢？

旧时读过一则传说，其中有些精神与蜜蜂相似，那是记载在《辍耕录》里的传说："有年七八十老人，自愿舍身济众，绝不饮食，惟澡身啖蜜。经月，便溺皆蜜，既死，国人殓以石棺，乃满用蜜浸之，镌年月于棺，盖之；俟百年后启封，则成蜜剂，遇人折伤肢体，服少许，立愈，虽彼中也不多得，俗曰蜜人。"这个蜜人的传说不一定可信，但是一个人的牺牲在百年之后还能济助众人，可贵的不在他的尸体化成一帖蜜剂，而是他的精神借着蜜流传了下来。

蜜蜂虽不澡身，但是它每天啖蜜，让人们在夏季还能享受甘凉香醇的蜜茶，在啖蜜的过程，有许多蜜蜂要死去，未死的蜜蜂也要经过许多生命的熬炼，熬呀熬的才炼出一杯蜜茶，光是这样想，就够浪漫，够令人心动了。

在实际人生中也是如此，生命的过程原是平淡无奇，情感的追寻则是波涛万险，如何在平淡无奇波涛万险中酿出一滴滴的花蜜，这花蜜还能让人分享，还能流传，才算不枉此生。虽然炼蜜的过程一定是痛苦的，一定要飞过高山平野，一定要在好大的花中采好少的蜜，或许会疲累，或许会死亡。

可是痛苦算什么呢？每一杯蜂蜜都是炼过几只蜂的。

自心清浄

九月很好

月亮与台风

快中秋了，阳历是九月。

孩子的自然课本，要做九月天象的观察，特别是要观察记录月亮，从八月初记录到中秋节。

每天夜里吃过晚饭，孩子就站在阳台等待月亮出来，有时甚至跑到黑暗的天台，仰天巡视，然后会看到他垂头丧气地进屋，说："月亮还是没有出来。"

我看到孩子写在习作上，几天都是这样的句子："云层太厚，天空灰暗，月亮没有出来，无法观察。"

最近这几天，连续几个台风来袭，月亮更连影子都没有，孩子很不开心，他说："爸爸，这九月怎么这么烂，连个月亮也看不见！"

"九月并不坏呀！最热的天气已经过了，气温开始转凉，是最美丽的秋天，有最好的月亮，只不过是这几天天气差一点而已。"

我告诉孩子，台风虽然是讨厌的，有破坏力的，但是台风也有很多好处，例如它会带来丰沛的雨量，解除荒旱的问题；例如它会把垃圾、不好的东西来一次清洗；又例如让我们感受到人身渺小，因此敬畏自然。

"既然不能观察月亮，你何不观察台风呢？"

"好主意！"孩子欢喜地说。

我看到他的作业簿上，写着诗一样的记录：

"风从东西南北吹来，

云在天空赛跑，

雨势一下大一下小，

伞在路上开花。"

台风的美，可能也不输给月亮。

月亮永不失去

中秋节没有月亮真是扫兴的事。

我想到，我们在乎的可能不是月亮，而是在乎期待的落空，否则每个月十五都是月圆，大部分人都没有什么感觉的。

生活实在太忙了，一般人平常抽不出时间看天色，中秋几乎成为唯一看天空的日子，我们准备了月饼、柚子、茶食就在表示我们是多么慎重地想看看月亮，让月亮看看我们。

好！月亮既然不出现，也就算了，我们吃吃月饼、尝尝柚子，在夜暗中睡去，明天再开始投入忙碌的生活，期待明年的中秋月亮。

其实，月亮是永不失去的，月亮看不见只是被云层所遮蔽，并不会离开它存在的地方。这是为什么佛教把自性说成月亮，见不到月亮的人只是被云层所遮，并不是没有月亮。

可惜的是，我们一年才看一次月亮，有多少人一年里看见一次自我的光明呢？

在这个世界上，没有人能真正了解或知道我们，如果连自己都不能寻找生命的根源，不能觉知自我的光明，就连自己也不能自知了。

理论上，人人都知道月亮随时都在，实际上，很不容易去触及那种光明，也不是不容易触及，而是不愿去实践、不愿去发掘，很少走出户外。

孤单之旅

在这个寂寞的时代，没有人能完全的互相了解，即使是知己、最亲密的人，也难以触及我们的内在世界。

因此，每一次的人生，就是一段孤单之旅。

我时常在想，由于生命的孤单和不足，这人间才会分成男人和女人、父母和子女、朋友和敌人、丈夫和妻子，如果是在一个完美与圆满的世界，一个人已经很够了。

也因为这种孤单和分裂，我们之间永远不能互相了解，对于自己的心如果能了解、能坦诚面对，也就够了；对于别人的心意，如果能了解一部分，不互相对立，也就很好了。

生命之所以有这么多不同，有着各种因缘和关系，是希望我们能从孤单中走出，试着去知道生命的不足。

也由于孤单与不足，才会有一些更高层次的东西触动我们、吸引我们、带领我们。

生命的触动

生命的触动是多么必要呀！

当某种语言触动了我们的思维，那就是诗歌或者文学。

当某种颜色触动了我们的眼睛，那就是绘画。

当某种音声触动了我们的心灵，那就是音乐。

当某种传奇或故事触动了我们，那就是戏剧呀！

当某种情感触动了我们，那就是爱；当某种爱提升了我们，那就是慈悲；当某种慈悲被触动，就可以吸引我们、带领我们，走向生命圆满的归向。

心地明明，乾坤朗朗

在现实的生命，没有什么是圆满的，有时平静，有时狂喜；时而寂寞，时而热闹；或者欢欣，或者悲哀。

在现实的宇宙，没有什么是完美的，有时风和日丽是狂风暴雨的预示；有时云天晴美是地震台风的前兆；有时呀！不测的风雨会在午后的大晴朗后出来。

我时常在想，这变动不居的宇宙是不是我们变动不居的心识之映现？如果心地明明，是不是就乾坤朗朗了呢？

我找不到答案，唯一知道的是，台风来的时候，如果我们把房子造得坚固一些，我们依然可以在平静温暖的灯下读书。

悲伤与唱歌

生命不免会唱悲伤的歌。

但唱过歌的人都会发现，我们唱的歌愈是忧伤就愈是能洗净我们的悲情。

"悲伤的唱歌"和"唱悲伤的歌"是很不同的。

不管是悲伤或者是唱歌，都只是人生的一小段旅途。

好的悲伤和好的唱歌都会令我们感动，感动是最好的，感动使我们知悉生命的炽热，感动使我们见证了心灵的存在，感动使我们或悲或喜，忽哭忽笑，强化了生命的弹性。

能悲伤是好的。

能唱歌是好的。

悲伤时好好地悲伤吧！

唱歌时高扬地唱歌吧！

大不了

有几个朋友同时来向我诉苦，他们都在同一个办公室做事，关系不良、错综复杂，但他们分别是我的朋友。

他们相互之间看到的都是缺点，可能是距离近的缘故。

我看到他们的都是优点，可能是距离保持的缘故。

连续接几个电话下来，感觉就像是看《罗生门》一样，每一个都是真相，每一个也都不是真相。

对每一个朋友我总是说："别那么在乎，天下没有什么大不了的事！"

总统死了，会有新的总统；国家分裂了，会有新的国家；何况是小小的办公室呢？

真的，不必太在乎，不必太执着，天下没有大不了的事！

九月很好

九月是很好的月份。

中秋月圆、云淡风轻、温和爽飒。

真的，九月是很好的月份。

最近的那个台风也过去了，九月很好。

Part 5
用心发现生活之美

内心的蝴蝶却与初生时，一样美丽。如果内心的蝴蝶从未苏醒，枯叶蝶的一生，也只不过是一片无言的枯叶！

自心清净

抹茶的美学

日本朋友坚持要带我去喝日本茶，我说："我想，中国茶大概比日本茶高明一些，我看不用去了。"

他对我笑一笑，说："那是不同的，我在台北喝过你们的工夫茶，味道和过程都是上品，但它在形式上和日本的不同，而且喝茶在台北是独立的东西，在日本不是，茶的美学渗透到日本所有的视觉文化，包括建筑和自然的欣赏。不喝茶，你永远不能知道日本。"

我随着日本朋友在东京的大街小巷中穿梭，要去找喝茶的地方，一路上我都在想，在日本留了一些时日，喝到的日本茶无非是清茶或麦茶，能高明到哪里去呢？正沉思间，我们似乎走到了一个茅屋的"山门"，是用木头与草搭成的，非常的简单朴素，朋友说我们喝茶的地方到了。这喝茶的处所日语叫 Sukiya，翻成中文叫"茶室"，对西方人来讲就复杂一些，英文把它翻成 Abode of Fancy（幻想之居）、Abode of Vacancy（空之居），或者 Abode of Unsymmetrical（不称之居），光看这几个字，让我赫然觉得这茶室不是简单的地方。

果然，进到山门之后，视觉一宽，看到一个不大不小的庭园，零落的铺着石块大小不一，石与石间生长着短捷而青翠的小草，几株及人高的绿树也不规则的错落有致。走进这样的园子，人仿佛走进了一个清净细致的世界，远远处，好像还有极细极清的水声在响。

日本的园林虽小，可是在那样小的空间所创造的清净之力是非常惊人的，几乎使任何高声谈笑的人都要突然失声不敢喧哗。

我们也不禁沉默起来，好像怕吵醒铺在地上的青石一样的心情。

茶室的人迎接我们，送入一个小小玄关式的回廊等候，这时距离茶室还有一条花径，石块四边开着细碎微不可辨的花。朋友告诉我，他们进去准备茶和茶具，我们可以先在这里放松心情。

他说："你别小看了这茶室，通常盖一间好的茶室所花费的金钱和心血胜过一个大楼。"

"为什么呢？"

"因为，盖茶室的木匠往往是最好的木匠，他对材料的挑选，和手工的精细都必须达到完美的地步，而且他必须是个艺术家，对整体的美有好的认识。以茶室来说，所有的色彩和设计都不应该重复，如果有一盆真花，就不能有画花的画，如果用黑釉的杯子，就不能放在黑色的漆盘上；甚至做每根柱子都不能使它单调，要利用视觉的诱引，使人沉静而不失乐趣；或者一个花瓶摆着也是学问，通常不应该摆在中央，使对等空间失去变化……"

正说的时候有人来请去喝茶，我们步过花径到了真正的茶室。房门约五尺，屋檐处有一架子，所有正常高度的成人都要低头弯腰而入室，以对茶道表示恭敬。那屋外的架子是给客人放下所携的东西，如皮包、雨伞、相机之类，据说往昔是给武士解剑放置之处；在传统上，茶室是和平之地，是放松歇息的地方，什么东西都应放下，西方人叫它"空之居""幻想之居"是颇有道理的。

茶室里除了地上的炉子，炉上的铁壶，一支夹炭的火钳，一幅简单的东洋画，一瓶弯折奇逸的插花外，空无一物。而屋子里的干净，好像主人在三分钟前连扫了十遍一样，简直找不到一粒灰——初到东京的人难以明白为什么这样的大城能维持干净，如果看到这间茶室就马上明了，爱干净几乎是成为一个日本人最基本的条件。而日本传统似乎也偏向视觉美的讲求，像插花、能剧、园林，甚至文学到日本料理几乎全讲究精确的视觉美，所以也只好干净了。

茶娘把开水倒入一个灰白色的粗糙大碗里，用一根棒子搅拌，碗里浮起了春天里松针一样翠的绿色来，上面则浮着细细的泡沫，等到温度宜于入口时她才端给我们。朋友说，这就是"抹茶"了，喝时要两手捧碗，端坐庄严，心情要如在庙里烧香，是严肃的，也是放松的。和中国茶不同的是，它一次要喝一大口，然后向泡茶的人赞美。

我饮了一口，细细地用味蕾品着抹茶，发现这神奇的翠绿汁液苦而清凉，有若薄荷，似有令人清冽的力量，和中国茶之芳香有劲大为不同。

能断烦恼

"饮抹茶，一屋不能超过四个人，否则就不清净。"朋友说："过去，茶道订下的规矩有上百种，如何倒茶、如何插花、如何拿勺子、拿茶箱、茶碗都有规定，不是专业的人是搞不清楚的，因此在京都有'抹茶大学'，专门训练茶道人才，训练出来的人几乎都是艺术家了。"我听了有些吃惊，光是泡这种茶就有大学训练，要算是天下奇闻了。

日本人都知道，"抹茶"是中国的东西，在唐朝时候传进日本，在唐朝以前我们的祖先喝茶就是这种搅拌式的"抹茶"，而且用的是大碗，直到元朝蒙古人入侵后才放弃这种方式，反倒在日本被保存了下来。如今日本茶道的方法基本上来自中国，只是因时日既久融成为日本传统，完全转变为日本文化的习性。

现在我们的茶艺以喝工夫茶为主，回过头来看日本茶道更觉得趣味益然。但不论中日的茶道，讲的都是平静和自然的趣味。日本茶道的规模是十六世纪时茶道宗师利休所创，曾有人问他茶道有否神秘之处。他说："把炭放进炉子，等水开到适当程度，加上茶叶使其产生适当的味道。除此之外，茶一无所有，没有别的秘密。"

这不正是我们中国人的"平常心是道"吗？只是利休可能想不到，后来日本竟发展出一百种以上的规矩来。

在日本的茶道里，大部分的传说都是和古老中国有关的，最先的传说是说在公元前五世纪时，老子的一位信徒发现了茶，在函谷关口第一次奉茶给老子，把茶想成是"长生不老药"。

普遍为日本人熟知的传说，是禅宗初祖达摩从天竺东来后，为了寻找无上正觉，在少林寺面壁九年，由于疲劳过度，眼睛张不开，索性把眼皮撕下来丢在地上，不久，在达摩丢弃眼皮的地方长出了一棵叶子又绿又亮的矮树。达摩的弟子便拿这矮树的叶子来冲水，产生一种神秘的魔药，使他们坐禅的时候可以常保觉醒状态，这就是茶的最初。

这真是个动人的传说，虽然无稽却有趣味，中国佛教禅宗何等大能，哪里需要借助茶的提神才能寻找无上的正觉呢？但是它也使得日本的茶道和禅有极为深厚的关系，过去，日本伟大的茶师都是修习禅宗的，并且以禅宗的精神用到实际生活形成茶道——就是自然的、山林的、野趣的、宁静的、纯净的、平常的精神。

另外一个例子可以反映这种精神，像日本茶室大小通常是四席半大，这个大小是受到《维摩经》的一段话影响而决定的：《维摩经》记载，维摩诘居士曾在同样大的地方接待文殊师利菩萨和八万四千个佛弟子，它说明了对于真正悟道的人，空间的限制是不存在的。

我的日本朋友说："日本茶道走到最后有两个要素，一个是微锈、一个是朴拙，都深深影响了日本的美学观，日本的金器、银器、陶瓷、漆器，甚至大到庭园、建筑都追求这样的趣味。说到日本传统的事物，好像从来没有追求明亮光灿的东西，唯一的例外，大概是武士的刀锋吧！"

日本美学追求到最后，是精密而分化，像京都最有名的苔寺"西方寺"，在五千三百七十坪面积上，竟种满了一百二十种青苔，其变化之繁复，差别之细腻，真是达到了人类视觉感官的极致——细想起来，那一百二十种青苔的变化，不正是抹茶上翡翠色泡沫的放大照片吗？

我们坐在"茶室"里享受着深深的安静，想到文化的变迁与流转，说不定我们捧碗而饮正是唐朝。不管它是日本的，或是中国的，它确乎能使人有优美的感动，甚至能听到花径青石上响过来的足声，好像来自遥远的海边，而来的那人羽扇纶巾、青衫蓝带，正是盛唐衣袂飘飘的文士——呀！我竟为自己这样美的想象而惊醒过来，而我的朋友双眼深闭，仿佛入定。

静到什么地步呢？静到阳光穿纸而入都像听到沙沙之声。

我们离开的时候才发觉整整坐了四个小时，四小时只是一瞬，只是达摩祖师眼皮上长出千千亿亿叶子中的一片罢了。

能断烦恼

我站在巷口，看他缓缓推走小小的摊车消失在巷子的转角，
一直到很远了，我还可以听见木鱼声从黑夜的空中穿过，温暖着迟睡者的心灵。

木鱼馄饨

深夜到临沂街去访友,偶然在巷子里遇见多年前旧识的卖馄饨的老人,他开朗依旧,风趣依旧,虽然抵不过岁月风霜而有一点佝偻了。

四年多以前,我客居在临沂街,夜里时常工作到很晚,每天子夜一点左右,一阵清越的木鱼声,总是响进我临街的窗口。那木鱼的声音非常准时,天天都在凌晨的时间敲响,即使在风雨来时也不间断。

刚开始的时候,木鱼声带给我一种神秘的感觉,往往令我停止工作,出神地望着窗外的长空,心里不断地想着:这深夜的木鱼声,到底是谁敲起的?它又象征了什么意义?难道有人每天子夜一点在我住处附近念经吗?

在民间,过去曾有敲木鱼为人报晓的僧侣,每日黎明将晓,他们就穿着袈裟草鞋,在街巷里穿梭,手里端着木鱼笃笃地敲出低沉但冗长的声音,一来叫人省睡，珍惜光阴；二来叫人在心神最为清明的五更起来读经念佛，以求精神的净化；三来僧侣借木鱼报晓来布施化缘，得些斋衬钱。我一直觉得这种敲木鱼报佛音的事情，是中国佛教与民间生活相契的一种极好的佐证。

但是，我对于这种失传于民间小巷很久的传统，却出现在台北的临沂街感到迷惑。因而每当夜里在小楼上听到木鱼敲响，我都按捺不住去一探究竟的冲动。

冬季里有一天，天空中落着无力的飘闪的小雨，我正读着一册印刷极为精美的《金刚经》，读到最后"一切有为法，如梦幻泡影，如露亦如电，应作如是观"一段，木鱼声恰好从远处的巷口传来，格外使人觉得昊天无极，我披衣坐起，撑着一把伞，决心去找木鱼声音的来处。

那木鱼敲得十分沉重着力，从满天的雨丝里穿扬开来，它敲敲停停，忽远忽近，完全不像是寺庙里读经时急落的木鱼。我追踪着声音的轨迹，匆匆穿过巷子，远远的，看到一个披着宽大布衣，戴着毡帽的小老头子，他推着一辆老旧的摊车，正摇摇摆摆地从巷子那一头走来。摊车上挂着一盏四十支光的灯泡，随着道路的颠簸，在微雨的暗道里飘摇。一直迷惑我的木鱼声，就是那位老头所敲出来的。

一走近，才知道那只不过是一个寻常卖馄饨的摊子，我问老人为什么选择了木鱼的敲奏，他的回答竟是十分简单，他说："喜欢吃我的馄饨的老顾客，一听到我的木鱼声，他们就会跑出来买馄饨了。"我不禁哑然，原来木鱼在他，就像乡下卖豆花的人摇动的铃铛，或者是卖冰水的小贩手中吸引小孩的喇叭，只是一种再也简单不过的信号。

是我自己把木鱼联想得太远了，其实它有时候仅仅是一种劳苦生活的工具。

老人也看出了我的失望，他说："先生，你吃一碗我的馄饨吧，完全是用精肉做成的，不加一点葱菜，连大饭店的厨师都爱吃我的馄饨呢。"我于是丢弃了自己对木鱼的魔障，撑着伞，站立在一座红门前，就着老人摊子上的小灯，吃了一碗馄饨。在风雨中，我品出了老人的馄饨，确是人间的美味，不下于他手中敲的木鱼。

后来，我也慢慢成为老人忠实的顾客，每天工作到凌晨，远远听到他的木鱼，就在巷口里候他，吃完一碗馄饨，才继续我未完的工作。

和老人熟了以后，才知道他选择木鱼作为馄饨的讯号有他独特的匠心。他说因为他的生意在深夜，实在想不出一种可以让远近都听闻而不至于吵醒熟睡人们的工具，而且深夜里像卖粽子的人大声叫嚷，是他觉得有失尊严而有所不为的，最后他选择了木鱼——让清醒者可以听到他的叫唤，却不至于中断了熟睡者的美梦。

木鱼总是木鱼，不管从什么角度来看它，它仍旧有它的可爱处，即使用在一个馄饨摊子上。

我吃老人的馄饨吃了一年多，直到后来迁居，才失去联系，但每当在静夜里工作，我仍时常怀念着他和他的馄饨。

老人是我们社会角落里一个平凡的人，他在临沂街一带卖了三十年馄饨，已经成为那一带夜生活里人尽皆知的人，他固然对自己亲手烹调后小心翼翼装在铁盒的馄饨很有信心，他用木鱼声传递的馄饨也成为那一带的金字招牌。木鱼对他，对吃馄饨的人来说，都是生活里的一部分。

那一天遇到老人，他还是一袭布衣、还是敲着那个敲了三十年的木鱼，可是老人已经完全忘记我了，我想，岁月在他只是云淡风轻的一串声音吧。我站在巷口，看他缓缓推走小小的摊车消失在巷子的转角，一直到很远了，我还可以听见木鱼声从黑夜的空中穿过，温暖着迟睡者的心灵。

木鱼在馄饨摊子里真是美，充满了生活的美，我离开的时候这样想着，有时读不读经都是无关紧要的事。

能断烦恼

可见每件事都可以从两面来看，吃花乍看之下是有些残忍，
但是如果真有慧心，它何尝不是一件风雅的事呢？

菊花羹与桂花露

有一天到淡水去访友，一进门，朋友说院子里的五棵昙花在昨夜同时开了，说我来得不巧，没有能欣赏昙花盛放的美景。

"昙花呢？"我说。

朋友从冰箱里端出来一盘食物说："昙花在这里。"我大吃一惊，因为昙花已经不见了，盘子里结了一层霜。

"这是我新发现的吃昙花的方法，把昙花和洋菜一起放在锅里熬，一直熬到全部溶化了，加冰糖，然后冷却，冰冻以后尤其美味，这叫作昙花冻，可以治气喘的。"

我们相对坐下吃昙花冻，果然其味芳香无比，颇为朋友的巧思绝倒，昙花原来竟是可以这样吃的？

朋友说："昙花还可以生吃，等它盛放之际摘下来，沾桂花露，可以清肝化火，是人间一绝。尤其昙花瓣香脆无比，没有凡品可以及得上。"

"什么是桂花露？"我确实吓一跳。

"桂花露是秋天桂花开的时候，把园内的桂花全摘下来，放在瓶子里，当桂花装了半瓶之后，就用砂糖装满铺在上面。到春天的时候，瓶子里的桂花全溶化在糖水里，比蜂蜜还要清冽香甘，美其名曰'桂花露'。"

"你倒是厉害，怎么发明出这么多食花的法儿？"我问他。

"其实也没什么，在山里住得久了，这都是附近邻居互相传授，听说他们已经吃了几代，去年桂花开的时候我就自己尝试，没想到一做就成，你刚刚吃的昙花冻里就是沾了桂花露的。"

后来，我们聊天聊到中午，在朋友家吃饭，他在厨房忙了半天，端出来一大盘菜，他说："这是菊花羹。"我探头一看，黄色的菊花瓣还像开在枝上一样新鲜，一瓣一瓣散在盘中，怪吓人的——他竟然把菊花和肉羹同煮了。

"一般肉羹都煮得太浊，我的菊花羹里以菊花代白菜，粉放得比较少，所以清澈可食，你尝尝看。"

我吃了一大碗菊花羹，好吃得舌头都要打结了，"你应该到台北市内开个铺子，叫作'食花之店'，只要卖昙花冻、桂花露、菊花羹三样东西，春夏秋冬皆宜，包你赚大钱。"我说。

"我当然想过，可是哪来这么多花？菊花羹倒好办，昙花冻与桂花露就找不到材料了。何况台北市的花都是下了农药的，不比自家种，吃起来安心。"

然后我们谈到许多吃花的趣事，朋友有一套理论，他认为我们一般植物只吃它的根茎是不对的，因为花果才是植物的精华，果既然可以吃了，花也当然可食，只是一般人舍不得吃它。"其实，万物皆平等，同出一源，植物的根茎也是美的，为什么我们不吃它呢？再说如果我们不吃花，第二天、第三天它也自然地萎谢了；落入泥土，和吃进腹中没有什么不同。"

我第一次吃花是在小学六年级的时候，那时和母亲坐计程车，有人来兜售玉兰花，我母亲买了两串，一串她自己别在身上，一串别在我身上。我想，玉兰花这样香一定很好吃，就把花瓣撕下来，一片一片地嚼起来，味道真是不错哩！母亲后来问我：你的花呢？我说：吃掉了。母亲把我骂一顿，从此以后看到什么花都想吃，自然学会了许多吃花的法子，有的是人教的，有的自己发明，反正是举一反三。

"你吃过金针花没有？当然吃过，但是你吃的是煮汤的金针花，我吃过生的，细细地嚼能有苦尽回甘之感，比煮了吃还好。"

朋友说了一套吃花的经过，我忍不住问："说不定有的花有毒哩？"

他笑起来，说："你知道花名以后查查字典，保证万无一失，有毒的字典里都会有。"

我频频点头，颇赞成他的看法，但是我想这一辈子我大概永远也不能放胆地吃花。突然想起一件旧事，有一次带一位从英国来的朋友上阳明山白云山庄喝兰花茶，侍者端来一壶茶，朋友好奇地掀开壶盖，发现壶中本来晒干的兰花经开水一泡，栩栩如生，英国朋友长叹一口气说："中国人真是无恶不作呀！"

对于"吃花"这样的事，在外国人眼中是不可思议，因为他们认为花有花神，怎可那样吃进腹中。我当时民族自尊心爆炸，赶紧说：吃花总比吃生牛肉、生马肉来得文明一点吧！

　　可见每件事都可以从两面来看，吃花乍看之下是有些残忍，但是如果真有慧心，它何尝不是一件风雅的事呢？连中国人自认最能代表气节的竹子，不是都吃之无悔吗？同样是"四君子"的梅、兰、菊，吃起来又有什么罪过呢？

能断烦恼

葫芦瓢子

在我的老家，母亲还保存着许多十几二十年前的器物，其中有许多是过了时、现在已经毫无用处的东西，有一件，是母亲日日仍用着的葫芦瓢子。她用这个瓢子舀水煮饭，数十年没有换过，我每次看她使用葫芦瓢子，思绪就仿佛穿过时空，回到了我们快乐的童年。

犹记我们住在山间小村的一段日子，在家的后院有一座用竹子搭成的棚架，利用那个棚架，我们种了毛豆、葡萄、丝瓜、瓠瓜、葫芦瓜等一些藤蔓的瓜果，使我们四季都有新鲜的瓜果可食。

其中最有用的是丝瓜和葫芦瓜，结成果实的时候，母亲常常站在棚架下细细地观察，把那些形状最美、长得最丰富的果子留住，其他的就摘下来做菜。

被留下来的丝瓜长到全熟以后，就在棚架下干掉了，我们摘下干的丝瓜，将它剥皮，显出它松轻干燥坚实的纤维，母亲把它切成一节一节的，成为我们终年使用的"丝瓜布"，可以用来洗油污的碗盘和锅铲，丝瓜子则留着隔年播种。采完丝瓜以后，我们把老丝瓜树斩断，在根部用瓶子盛着流出来的丝瓜露，用来洗脸。一棵丝瓜就这样完全利用了。现在有很多尼龙的刷洗制品称为"菜瓜布"，很多化学制的化妆品叫作"丝瓜露"，可见得丝瓜旧日在民间的运用之广和深切的魅力。

我们种的葫芦瓜也是一样，等它完全熟透在树上枯干以后摘取，那些长得特别大而形状不够美的，就切成两半拿来当舀水、盛东西的勺子。长的形状均匀美丽的，便在头部开口，吸出里面的瓜肉和瓜子，只留下一具坚硬的空壳，可以当水壶与酒壶。

在塑胶还没有普遍使用的农业社会，葫芦瓜的使用很广，几乎成为家家必备的用品，它伴着我们成长。到今天，葫芦瓜的自然传统已经消失，葫芦也成为民间艺术品店里的摆饰，不知情的孩子怕是难以想象它是《论语》里"一箪食，一瓢饮，在陋巷，人不堪其忧，回也不改其乐"与人民共呼吸的器物吧！生活在台湾刚"光复"那几年的人，谁没有尝过"一箪食，一瓢饮"的情境呢？

葫芦的联想在民间有着悠久的历史，许多甚受欢迎的人物，像李铁拐、济公等的腰间都悬着一把葫芦，甚至《水浒传》里的英雄、武侠小说中的丐帮侠客，葫芦更是必不可少。早在《后汉书》的正史也有这样的记载："市中有老翁卖药，悬一壶于肆头，及市罢，辄跳入壶中，市人莫之见。"

在《云笈七签》中更说："施存，鲁人，夫子弟子。学大丹之道，三百年，十炼不成，唯得变化之术。后遇张申为云台治官，常悬一壶，如五升器大，化为天地，中有日月，如世间。夜宿其内。"

可见民间的葫芦不仅是酒器、水壶、药罐，甚至大到可以涵容天地日月，无所不包。到了乱离之世，仙人腰间的葫芦，常是人民心中希望与理想的寄托，葫芦之为用大矣！

我每回看美国西部电影，见到早年的拓荒英雄自怀中取出扁瓶的威士忌豪饮，就想到中国人挂在腰间的葫芦。威士忌的瓶子再美，都比不上葫芦的美感，这是无可如何的事，因为在葫芦的壶中，有一片浓厚的乡关之情和想象的广阔天地。

母亲还在使用的葫芦瓢子虽没有天地日月那么大，但那是早年农庄生活的一个纪念，当时还没有自来水，我们家引泉水而饮，用竹筒把山上的泉水引到家里的大水缸，水缸上面永远漂浮着一把葫芦瓢子，光滑的、乌亮的、琢磨着种种岁月的痕迹。

现代的勺子有许多精美的制品，我问母亲为什么还用葫芦瓢子，她淡淡地说："只是用习惯了，用别的勺子都不顺手。"可是在我而言，却有许多感触。我们过去的农村生活早就改变了面貌，但是在人们心中，自然所产生的果实总是最可珍惜，一把小小的葫芦瓢子似乎代表了一种心情——社会再进化，人心中珍藏的岁月总不会完全消失。

我回家的时候，喜欢舀一瓢水，细细看着手中的葫芦瓢子，它在时间中老去了，表皮也有着裂痕，但我们的记忆像那瓢子里的清水，永远晶明清澈，凉人肺腑。那时候我知道，母亲保有的葫芦瓢子也自有天地日月，不是一勺就能说尽的，我用那把葫芦瓢子时，也几乎贴近了母亲的心情，看到她的爱，以及我们二十多年成长岁月中，母亲的艰辛。

能断烦恼

一片茶叶是不求世间名誉的，这就是以清净心布施，
不求功德、不求福报，只是尽心尽意贡献自己的芳香。

一片茶叶

　　抓一把茶叶丢在壶里，从壶口流出了金黄色的液体，喝茶的时候我突然想到：这杯茶的每一滴水，是刚刚那一把茶叶中的每一片所释放出来的。我们喝茶的人，从来不会去分辨每一片茶叶，因此常常忘记一壶茶是由一片一片的茶叶所组成。

　　在一壶茶里，每一片茶叶都不重要，因为少了一片，仍然是一壶茶。但是，每一片茶叶也都非常重要，因为每一滴水的芬芳，都有每一片茶叶的生命本质。

　　布施不是如此吗？

　　布施，犹如加一片茶叶到一大壶茶里，少了我的这一片，看似不影响茶的味道；其实不然，丢进我的这一片，整壶茶都有了我的芳香。虽然我能施的很小，也会充满每一滴水。

布施，我们应以茶叶为师，最好的茶叶，五六斤茶青才能制成一斤茶，而每一片茶都是泡在壶里才能还原、才能温润、才有作为茶叶的生命意义；我们也是一样，要经过许多岁月的涮洗才能锻炼我们的芬芳，而且只有在奉献时，我们才有了人的温润，有了生命的意义。

一片茶叶丢到壶里就被遗忘了，喝的人在欢喜一壶茶时并不会赞叹单独的一片茶叶。一片茶叶是不求世间名誉的，这就是以清净心布施，不求功德、不求福报，只是尽心尽意贡献自己的芳香。

一壶好茶，是每一片茶叶共同创造的净土。

正如《维摩经》说："布施，是菩萨净土。"

欲行布施，先学习在社会这壶茶里，做一片茶叶！

说珍惜世界，先珍惜每一片茶叶吧！

这样想时，喝茶的时候就特别能品味其中的清香。

土地的报答

　　步行过乡间，看到一位农夫正在努力地锄田。我很久没看人用锄头挖地了，就坐在田埂上看农夫挖地。

　　农夫粗壮结实的上身赤裸着，他把锄头高高举起的样子，逆着光线，看起来就如同一座铜雕，真是美极了。

　　他也不管我看他，只顾自己锄田整地，一直整地到田埂这边，我看到他全身都被汗水湿透，连长裤都湿了，他友善地对我说："掘一掘，要来种花生了。"

　　我说："很久没看见人拿锄头了，现在整地都是用犁土机呀！"

农夫说："这田地只有一小片，用锄头掘一掘，一天的工就好了。"

"要歇一下吗？"我问着。

"歇一下也好。"农夫扛着锄头走过来，伸手到我身后的草丛摸出一个大茶壶，倒了一杯凉茶给我。

"过一个月来看，就可以看到土豆丛一片绿了，那时才好看。"农夫想着一个月后的画面，边说："土地不会骗人，你种作一分力，它就长出一分的东西，土地和人相同，你给它疼惜和尊重，它就报答你，为你开花，为你结果。所以咱的祖公才说：吃果子，拜树头；吃米饭，敬锄头。"

我听了农夫的话，非常感动，从此走在土地上，就处处看见土地的报答，看见了每一朵花都有土地那酬答知己的心。

能断烦恼

枯叶蝶的最后归宿

不要只爱青翠的树枝

树枝是会断落的

要爱整棵树

这样就会

爱青翠的树枝

甚至飘落的叶

凋零的花

秋日在林间散步，无意地走进一片人迹杳见的阔叶林中，满地铺满
了厚厚的落叶，黑的、褐的、灰的、咖啡的，以及刚刚落下的黄的、红的、

绿的叶片，在夕阳的光照里，形成了一片绵延的泼墨彩画。

树叶虽然凋零了，却自始至终都是如此美丽。

那彩叶，使我忍不住坐在一个枝头上，轻轻地赞叹。

突然看见，一片枯叶在层层叶片蠕动着。

凝视，才知道是一只枯叶蝶。

枯叶蝶是在枯叶堆中寻找什么呢？这个念头使我感到兴味盎然，静静地观看。没有想到，枯叶蝶就在这个时候颓倒，抽搐了几下，不动了。

枯叶蝶竟然就这样死去了。这一生都在形塑自己成为一片枯叶的蝴蝶，最后真的化为一片枯叶。如果不是我亲眼看见，相信无人能在一大片枯叶里，寻找出一只蝴蝶的尸身。

我把枯萎的蝴蝶捧在手上，思及枯叶蝶是一生站立或者飞翔在枯叶与蝴蝶的界限上。如果说它是执着于枯叶，那是对的，否则它为什么从形状、颜色、姿势都形成一片叶子；如果说它是执着于蝴蝶的生命，那也是对的，拟态枯叶只是为了保护它内在的那一只蝴蝶。

如今，它终于打破界限了，它终于放下执着了，它还原，而且完整了。

我们谁不是站立在某一个界限上呢？很少有人是全然的，从左边看也许是枯叶的，右边看却是蝴蝶；从飞翔时是一只蝴蝶，落地时却是枯叶。

在飞舞与飘落之间，在绚丽与平淡之间，在跃动与平静之间，大部分人为了保命，压抑、隐藏、包覆、遮掩了内在美丽的蝴蝶，拟态为一片枯叶。

最后时刻来临，众人走过森林，只见枯叶满地，无人看见蝴蝶。

禅行者一旦唤醒内心的蝴蝶，创造了飞翔的意志，就不再停止飞行，不再压迫内在的美丽。他会张开双眼看灿烂的夕阳，他会大声念诵十四行诗，他会侧耳倾听繁花的歌唱，他会全身心进入一朵玉兰花香。

最后，或许也会颓倒在一片枯叶林间。

他内心的蝴蝶却与初生时，一样美丽。

如果内心的蝴蝶从未苏醒，枯叶蝶的一生，也只不过是一片无言的枯叶！

Part 6
坏事好事不一定

万劫不复的大失落在人间不是没有，然而像银针那么微小的失落，从大的观点来看总是有补偿的，我一直不肯相信生命中有永远的失落，永远的失落只有在自暴自弃的人身上才能找到。

自心清净

　　纯美的事物有时能激发人的力量，有时却也使人软弱。
　　美如果没有别的力量支撑，就是无力的，荷花和杨柳就是这样的关系。

花燃柳卧

植物园的荷花已经谢尽了。

荷花池畔的柳树在秋末的雨中却正青翠。

在过去的岁月中，我经常到荷花池去散步，每次到植物园看荷花，我总是注意到荷花的丰姿，花在季节里的生灭，觉得荷花实在是很性感的植物。有人说它清纯，那是只注意到荷花开得正盛的时候，没有看到它从花苞到盛放甚至到结出莲蓬的过程。在它一张一闭之间，冬天就到了。

由于荷花是那样迷人，使人在看荷花的时候几乎忘了身边的其他景物。有一天我坐在荷花池畔，黄昏凉风习习，我竟在凉椅上斜着头睡着了。醒来的时候，看到池中的荷花显出一种疲惫的样子，然后我就看到池边的柳树，正在黄昏的时候展出一种魅力。

我想到，荷花再美，如果没有柳树陪衬，它恐怕也会黯然失色了。柳树平常好像睡在旁边，静静地卧着，可是它活在季节之上，在冬风之中，所有的花全部落尽，柳树像一个四处游方的孤客，猛然在天涯海角的一边走出来，如果我们看柳树能有另一种心情，就会发现它的美并不在别的花之下。如果说荷花是一首惊艳的诗，柳树好像诗里最悠长的一个短句，给秋天作了很好的结论。

我是个爱花的人，花开在泥土上是一种极好的注解，它的姿形那么鲜活，颜色那么丰富，有时还能散放出各种引人的馨香，但是世上没有长久的花。有一次，我到彰化县的田尾乡去，那时秋天已经过尽，初冬的冷寒掩盖了大地，田尾的花农已经收成了所有的花，正等待着春天的消息。我到花田里去，这是一向被称为繁花都城的乡镇不可思议的景象。玫瑰剪了枝，剩下光秃秃的枝丫，菊花全被连根拔起，满目的疮痍。

陪我到田里的花农告诉我："你来得不巧，应该在春天的时候来，花是活在春天的。"后来他提议去看看盆景，只有盆景是不凋的，我拒绝了，因为我只对真正长在土地上的有兴趣。

田尾繁花谢尽等待春天的经验，使我开始深思花的精魂。在人世里，我们时常遇到花一样的人，他们把一生的运势聚结在一刻里散放，有让人不可逼视的光芒，可是却很快消逝了，尤其是一些艺术家，年轻的时候已经光芒四射，可是岁月一过，野风一吹就无形迹了。

反而是那些长期默默地挺着枝干的柳树，在花都落尽了、新的花还没有开起的时刻，本来睡在一侧的柳树就显得特别翠绿。有时目中的景物没有特别的意义，只是透过人的眼，人的慧心，事物才能展现它的不凡。

我想起一则希腊数学家和物理学家阿基米德的故事。当罗马帝国侵略希腊的时候，阿基米德正全神贯注地在铺了一层沙土的房子内，喃喃自语地演算着奇怪的几何图形，几个罗马兵冲进来，粗鲁地践踏着沙土，把图形踩躏了，并且提着阿基米德大叫："你是谁？"

阿基米德大怒，吼道："走开，不要踩坏了我的图形！"罗马兵一气之下，一刀杀了这个伟大的数学家和物理学家。这个故事给我的启示不是他对于学术追求的专注，而是他手上只拿了根树枝，写的只是沙土。

树枝和沙土是多么简单的东西，任何人都可能拿它写出一些字句，可是它到了数学家之手，却可能为人世留下不朽的真理。

阿基米德的故事是宜于联想的，我时常看到一种景象：一棵美丽的牵牛花开在竹篱笆上，牵牛花轻快欢欣地在风中飞扬，要把生命的光彩在一天开尽，可是如果没有竹篱笆呢？美丽的牵牛花就没有依附的所在。

冬天里还有另一种景象，圣诞红全部开花了，那些花红得像火一样，使人忘记了它的绿色枝干，我会想：万一没有绿色的枝干呢？圣诞红就不能红得那么美丽了。

一粒麦子与一堆干草之间的区别，没有人认识，但是它们彼此互相认识。干草为了发出麦子的金黄而死去，麦子却为了人的口腹而死去，其中有时真没有什么区别。

纯美的事物有时能激发人的力量，有时却也使人软弱。美如果没有别的力量支撑，就是无力的，荷花和杨柳就是这样的关系。

我愈来愈觉得，我们的社会会向着花一样燃烧的方向走去，物质生活日渐丰盛，文明变成形式，人们沉浸在物欲的享受里，在那样的世界，人人争着要当荷花，谁肯做杨柳、谁肯做手中的树枝和沙土呢？

虽然我们的生活充满了灾祸、痛苦、疾病……这样被认为是天谴的环境，
但是因为我们的箱子里还怀抱着希望，所以我们能够面对痛苦、疾病和灾祸。

怀抱希望的箱子

我记得希腊神话里有一则故事，可用来讲烦恼跟菩提。

天神宙斯为了惩罚从天上盗火给人类的普罗米修斯，命令火神用水和泥土烧成一个美女潘朵拉。希腊神话中的神都是忌妒心很重的，火是人类文明与智慧的来源，人间有了火，就会变成像天上的天堂一样，这是神所不能忍受的。这给我们一个启示：只要我们好好地在人间生活，也可以跟天上一样。

话说宙斯非常生气，就把普罗米修斯锁在高加索的山上，又把潘朵拉嫁给普罗米修斯的弟弟埃皮米修斯，以为惩戒。对于一个男人最大的惩罚，竟然是把一个美女嫁给他，这也是一个很好的启示。

潘朵拉出嫁时，宙斯送她一个宝箱做嫁妆，却又告诉她不可以打开这个宝箱。潘朵拉当然会问为什么不可以打开宝箱，宙斯只是严禁她打开而不答。你看宙斯多坏！他完全了解人的心理，越是被禁止，越是会去做。

潘朵拉捧着宝箱出嫁后，每天都想知道这箱子里到底装了什么东西。一天，她趁丈夫外出的时候，忍不住把箱子打开了。箱子一开，里面冒出一阵怪烟，飞出很多东西，这些东西就是人类的灾祸、痛苦和疾病。

潘朵拉吓坏了，立刻冲去把箱子盖起来，然而所有的灾祸、痛苦、疾病……都已经飞出来了。只有一样东西被她关在箱子里没有出来，这个东西就是希望。只有希望没有飞出来。

人类的灾祸、痛苦和疾病，就是从那时候开始的。

这个故事很具启示作用。虽然我们生活在充满了灾祸、痛苦、疾病……这样被认为是天谴的环境，但是因为我们的箱子里还怀抱着希望，所以我们能够面对痛苦、疾病和灾祸。

菩提跟烦恼其实也是一样的。烦恼，在我们的环境；菩提，在我们的自心。假使能以一种很好的态度面对烦恼，那么烦恼便可以度过。

自心清净

每个人设若都有一千支银针，不巧失落了一支，不必伤悲；
因为我们还有九百九十九支银针，它们仍然能散放光芒，
正如天上繁星万盏，有时少了一颗，其他的还是为我们放光。

一千支银针

一位乡下的小朋友告诉我一个有趣的童话故事，是我从未听说过的，小朋友也不知道出处，我现在把它记录下来：

从前有个国王，他有七个女儿，七位公主各有一千支用来整理她们头发的扣针，每一支都是镶有钻石且非常纤细的银针，扣在梳好的头发上，就好像闪亮的银河上缀满了星星。

有一天早晨，大公主梳头的时候，发现银针只有九百九十九支，有一支不见了。她困惑烦恼不已，但她自私地打开二公主的针箱，悄悄地取出一支针。

二公主也因为少了一支银针而从三公主那里偷了一支，三公主也很为难地偷了四公主的针，四公主偷了五公主的，五公主偷了六公主的，六公主也偷了七公主的，最后被连累的是七公主。

正好第二天国王有贵宾要从远方来，七公主因为少了一支银针，剩下一把长发无法扣住，她整天都焦急地跟侍女在找银针，甚至说："假如有人找到我的银针，我就嫁给他。"

窗外的小树枝听见了，伸进来说："用我的树枝做你的银针吧！"但是树枝过硬，头发会竖起来。

山中的泉水听见了，用它冻结的冰块说："用这冰做银针吧！"但是冷冷的冰一插进头发里就马上融为水滴了。

天上的月亮听见了，说："用我银色的光线做你的银针吧！"但是月光的银线太柔软了，扣不起头发。

能断烦恼

七公主无可奈何地叹息道："啊！明天有贵客要来哩！"

第二天，从远方来的贵宾原来是一位王子，王子手里拿着一支银针，他说："淘气的小鸟在我狩猎的帽子里筑了巢，我发现里面有一支雕有贵城花纹的发针，是不是其中一位公主的？"

六位公主都吵闹及焦急起来，知道那一支银针是自己失落的，可是她们的头发都用一千支银针梳得像银河一样美丽。

"啊！那是我掉的银针！"躲在屋里的七公主急忙跑出来说。

可是王子非但没有还七公主银针，还出神地吻了她，七公主未梳理的长发滴溜溜地垂到脚跟而发亮着……

这个故事的结局就像所有美丽的童话一样："王子和公主从此过着幸福快乐的生活。"听这个故事是在乡下的庭前，出自一位小学女生的口中，她说完故事，抬头望着远山外闪烁晶明的星星，幻想着自己正是那一个失落一支银针的七公主，她全然不知道"失落"也有悲哀的时候，最后她嘴角带着微笑，在星光下睡着了。

但是听完故事的我，到半夜还不能入眠，这是一个多么简单的童话呀！竟使我的思绪飘到了天的远方。"一千支银针"对我来说有一种鲜明的象征意义，它象征着命运繁复的节点，每个人在生命的推展过程中，有着许许多多像银针一样能改变命运的因素，它有时是那样细小，连窗外的树、山中的泉、天上的月亮都帮不上忙，但是却改变了一个人的一生。

原来，拥有一千支银针的公主，并不能保证比失落了银针的公主拥有更好的命运。银针的失落与命运的错失本来是具有悲剧感的，但是因为命运小鸟的穿梭，悲剧便成了喜剧，我相信每人都有过类似的经验。

再想到生命的失落，当然万劫不复的大失落在人间不是没有，然而像银针那么微小的失落，从大的观点来看总是有补偿的，我一直不肯相信生命中有永远的失落，永远的失落只有在自暴自弃的人身上才能找到，我很喜欢培根说的："人们没有哭，便不会有笑；小孩一生下来，便有哭的本领，后来才学会笑；一个人不先了解悲哀，便不会了解快乐。"失落也是如此，人没有失落，就不能体会获得的真切的快乐。尼采所言："快乐之泉喷得太满，常常冲倒想盛满的杯子。"也是这个道理。

这样想时，对生命的事，对情爱的观点，也就能云淡风轻处之泰然了。每个人设若都有一千支银针，不巧失落了一支，不必伤悲；因为我们还有九百九十九支银针，它们仍然能散放光芒，正如天上繁星万盏，有时少了一颗，其他的还是为我们放光。

能
断
烦
恼

翠玉白菜

我曾在美国《国家地理》杂志看过一张照片：台北"故宫博物院"的翠玉白菜放在庭院中一大堆白菜里面，院子里的阳光灿烂，光线投照在白菜上，只有翠玉白菜反射着耀眼的光芒。翠玉白菜是一大堆白菜里体积最小的，但最珍贵、最耀目，是台北"故宫"的镇山之宝。

那一幅照片印在我的心版上，经过十几年了，还未曾稍忘。

翠玉白菜确实是那样轻薄短小，往往出乎第一次看见的人的意料，大约只有合着的一巴掌那么大，与一般的白菜大小不能相比。

后来，我发现台北"故宫"的许多"重宝"，都是很"轻巧"的，最好的玉器，瓷器，茶具也往往不是顶大的。当然，大的物件也有精品，但最精纯的常常是小的。

其实，我们评断一件东西，最好不要看它的大小，而要看它的精纯，它的品质好坏。看人也是一样，官大、财大、权大、名大的，小人也是很多的。艺术特别是这样，好画不一定要巨大，好音乐不一定要长，好文章也不一定要很长。

能把小东西做好的，才能把大东西做好；能照顾小节的人，才会有大的威仪。

这是为什么《佛经》里说道，大到须弥山的虚无和小到微尘的芥菜种子应同等看待，"芥子容须弥，毛孔收刹海"，那是因为最大的正好是最小的累积，而最小的正好是最大的元素。

相传龙树菩萨曾在南天竺以白芥子七粒击开南天铁塔，取得《大日经》，这和西方童话的"芝麻开门"是多么相像呀！所以，《维摩诘经》说到一个人如果能彻悟体验"见须弥入芥子中"，那个人就已经住于不可思议的解脱法门。那时就超越了大小、高低、迷悟、生佛的差别见解；进入"大小无疑"的华严境界。由于"大如须弥"是难以想象和掌握的，因此我总想，一个人如果要把生活过好，应该从手里的芥子开始。

我喜欢小巧的艺术品，从中就可以看出创作者伟大的心灵。

我喜欢细腻的生活态度，觉得一个人应该从平凡的生活去体会生命更深的意义。

当然，我也喜欢雄伟、厚重、气势磅礴的人或作品，只是那样的人难得，那样的作品难遇，许多自认为伟大的人，自认为厚重的作品，只是放言空论罢了。

当我们回到生活的原点，还原到素朴之地的生活，无非是"轻罗小扇扑流萤"，无非是"薄薄酒，胜茶汤，粗布衣，胜无裳"，或者是"短笛无腔信口吹"，或者是"小楼昨夜听春雨"。

生命就是由轻薄短小的历程所组成的，所谓生命不空过，也正是去体验那小小历程中深刻的意义，体验、体验、再体验，更深入的体验，这是到彼岸的智慧之路。

在许许多多的白菜中，去找到那颗翠玉白菜。

翠玉白菜那么轻薄短小出乎我们的意料，它的精巧珍贵却是我们熟知的。

走向智慧的路，是许多人都在追逐一车车白菜的时候，我们一眼就看见了翠玉白菜，除了它原来就那么耀目，也是因为我们的慧眼。

能断烦恼

永不失败的生命与永远在求取失败的生命一样，
都将走入偏邪的困局，东方不败与独孤求败正是如此。

东方不败与独孤求败

最近，被儿子拉去看徐克执导的《东方不败》，儿子是徐克迷，凡是徐克的电影都要去看，我去看《东方不败》则是对金庸的兴趣大过徐克。

看完《东方不败》之后，心里颇有一些迷思，想起影评人景翔说的，《东方不败》之前标明改编自金庸的小说，其实应该改为"改自金庸武侠小说的标题和人名"，因为这部电影从头到尾，不论情节、人物，都已经与金庸无关了。至于电影音乐为什么还是《笑傲江湖》的同一首，从开始到剧终，景翔的说法是："因为黄霑还没有想出新的曲子。"

如果把《东方不败》和金庸的小说抽开，那还是一部好看的电影，声光、摄影的品质都在一般"国语"片之上，节奏之快速、武功之离奇也维持了徐克的一贯风格。

如果要把电影和小说一起看，金庸的小说还是比徐克的电影要有人文精神，想到十几年前，因为这部书里有"东方不败"样的人物、《葵花宝典》这样的武功、"教主洪福齐天，万岁万万岁"这样的讽刺，小说甚至在台湾被禁止出版。

想到十几年前，读金庸的小说像是读鲁迅的小说，由于被禁，读起来既紧张又兴奋。我读的第一部金庸小说是《射雕英雄传》还是香港的版本，是香港朋友想尽办法才夹带进关的。

大凡金庸的小说都有启示性，像"东方不败"就是一个很好的例子，为了练就绝世武功、一统天下，他不惜自宫，练功练到最后竟性格大变，男女难分。他的一生都从未失败过，一直到死前的那最后一战才失败，而一败则死。

这使我们思考到，失败在一个人的生命中的意义。人生里不免遭逢失败，那么，我们宁可在失败中锻炼出刚健的人格，也不要由于永不失败而造成一个高傲、残缺、暴戾的人格，一个自认为永不失败的人，到最后由于措手不及，那失败往往是极端惨痛的——因此"东方不败"这样的人物只是一个象征，象征我们处在逆境的时候应有一种坦然的态度，金庸先生写这一人物深彻骨髓，使我确信他一定是深沉了解痛苦的，徐克的电影，则遗憾的是没有这样的人文性。

在金庸小说里，除了"东方不败"，还有一位"独孤求败"令人印象深刻，独孤求败因为武功太高了，从来没有失败过，使他非常痛苦，到处去与人比武，求败而不可得，一生为此而终日郁郁，失败对他来讲竟是如此珍贵，听到天下有武功高的人，甚至愿意奔行千里，去求得一败。

"一生得不到失败，竟是最大的失败"，这是金庸为独孤求败赋予的寓意，我们生命历程的失败近在眼前，往往避之唯恐不及，独孤求败的失败则远在千里，求之而不可得之。

失败对于生命，有如淤泥之于莲花，风雨之于草木，云彩之于天空，死亡之于诞生，如果没有失败的撞击，成功的火花不会闪现；没有痛苦悲哀，怎么能显现快乐与欢愉的可贵？如果没有死亡，有谁会珍惜活着的价值和意义呢？

金庸另一个小说人物老顽童周伯通，由于武功太高了，没有对手，只好每天用自己的左手打右手，感到人生单调，而游戏人间。

我想到，最好的人生是五味俱全，有苦有乐、有泪有笑、有爱有恨、有生有死、有低吟有狂歌、有振臂千仞之刚也有独怆然而泪下，酸、甜、苦、辣、咸，此起彼落。想一想，如果面对一桌没有调味的菜肴，又如何会有深沉的滋味呢？

永不失败的生命与永远在求取失败的生命一样，都将走入偏邪的困局，东方不败与独孤求败正是如此。

水清无鱼、山乱无神，让我们坦然于生活里的痛苦与失败，因为这正是欢喜与成功的养料，没有比这种养料对于人格的壮大、坚强、圆满更有益的了。

我们独饮生命的苦汁，那是为了唱出美丽的高音；我们在失败时沉潜，是为了培养在波涛中还能向前的勇气呀！

能断烦恼

琴手蟹

　　淡水是台北市郊我常常去散心的地方，每到工作劳累的时候，我就开着车穿过平野的稻田到淡水去；也许去吃海鲜，也许去龙山寺喝老人茶，也许什么事都不做，只坐在老河口上看夕阳慢慢地沉落。我在这种短暂的悠闲中清洁自己逐渐被污染的心灵。

　　有一次在淡水，看着火红的夕阳消失以后，我沿着河口的堤防缓慢地散步，竟意外地在转角的地方看到一个卖海鲜的小摊子，摊子上的鱼到下午全失去了新鲜的光泽，却在摊子角落的水桶中有十几只生猛的螃蟹，正轧轧轧地走动，嘴里还冒着气泡。

　　那些螃蟹长得十分奇特，灰色斑点的身躯，暗红色的足，比一般市场上的蟹小一号，最奇怪的是它的钳，右边一只钳几乎小到没有，左边的一只却巨大无比，几乎和它的身躯一样大，真是奇怪的造型。

经过一番讨价还价，我花了一百元买了廿四只螃蟹（便宜得不像话）。回到家后它们还是活生生地在水池里乱走。

夜深了，我想到这些海里生长的动物在陆地上是无法生存的，正好家里又存了一罐陈年大曲，我便把大曲酒倒在锅子里，把买来的大脚蟹全喂成东倒西歪的"醉蟹"，一起放在火上烹了。

等我吃那些蟹时，剖开后才发现大脚蟹只是一具空壳，里面充满了酒，却没有一点肉；正诧异的时候，有几个朋友夜访，要来煮酒论艺，其中一位见多识广的朋友看到桌上还没有"吃完"的蟹惊叫起来："唉呀！你怎么把这种蟹拿来吃？"

"这蟹有毒吗？"我被吓了一大跳。

"不是有毒，这蟹根本没有肉，不应该吃的。"

朋友侃侃谈起那些蟹的来龙去脉，他说那种蟹叫"琴手蟹"，生长在淡水河口，由于它的钳一大一小相差悬殊，正如同一个人手里拿着一把吉他一样——经他一说，桌上的蟹一刹那间就美了不少。他说："古人说焚琴煮鹤是罪过的，你把琴手蟹拿来做醉蟹，真是罪过。"

"琴手蟹还有一个名字，"他说得意犹未尽，"叫作'招潮蟹'，因为它的钳一大一小，当它的大钳举起来的时候就好像在招手，在海边，它时常举着大钳面对潮水，就好像潮水是它招来的一样，所以海边的人都叫它'招潮蟹'，传说没有招潮蟹，潮水就不来了。"

经他这样一说，好像吃了琴手蟹（或者"招潮蟹"）真是罪不可恕了。

这位可爱的朋友顺便告诫了一番吃经，他说凡物有三种不能吃：一是仙风道骨的，像鹤、像鹭鸶、像天堂鸟，都不可食；二是艳丽无方的，像波斯猫，像毒蕈，像初开的玫瑰也不可食；三是名称超绝的，像吉娃娃，像雨燕，像琴手蟹，像夜来香，也不可食。凡吃了这几种都是辜负了造物的恩典，是有罪的。

说得一座皆惊，酒兴全被吓得魂飞魄散，他说："这里面有一些道理，凡是仙风道骨的动植物，是用来让我们沉思的；艳丽无方的动植物是用来观赏的；名称超绝的动植物是用来激发想象力的。一物不能二用，既有这些功能，它的肉就绝不会好吃，也吃不出个道理来。"

"我们再往深一层去想，凡是无形的事物就不能用有形的标准来衡量，像友谊、爱情、名誉、自尊、操守等等，全不能以有形的价值来加以论断，如果要用有形来买无形，都是有罪的。"

朋友滔滔雄辩，说得头头是道，害我把未吃完的琴手蟹赶紧倒掉，免得惹罪上身。但是这一番说辞却使我多年来对文化艺术思索的瓶颈豁然贯通，文化的推动靠的是怀抱，不是金钱，艺术的发展靠的是热情，不是价目，然而在工商社会里，仿佛什么都被倒错了。

没想到一百元买来的"琴手蟹"（写这三个字好像那蟹正拨一把琴，传来叮叮当当的乐声）惹来这么多的麻烦，今夜重读《金刚经》读到"一切众生，皆有佛性，本来不生，本来不灭，只因迷悟，而致升沉"时，突然想起那些琴手蟹来，也许在迷与悟之间，只吃了一只琴手蟹，好像就永劫堕落，一直往下沉了。

也许，琴手蟹的前生真是一个四处流浪弹琴的乐手呢！

雪的大地已经忘记曾有两人赤足走过，
在大地上，所有并肩行走的足印都是渺小的吧！

赤足在雪地上

场景是在合欢山，第一场雪还没有下。

他们第一次到会下雪的地方，看着山边零乱生长的短竹，心底有一种特别的兴奋，等待着冬天的第一场雪。

一夜，他正在床边的火炉旁沉睡，被敲窗的声音惊醒，是她来敲窗，告诉他："下雪了。"

下雪了，他翻身推窗，只见天空的暝暗中一片迷茫的白色小花，凌空旋动的，落在四周。雪竟是无声的，像黑暗里走过窗边的小猫足迹，要在极端的宁静里，才感觉到雪的存在。

他们同声说："到雪地里走一走吧！"

她说："赤足地去，可以留下我们的足印。"

他们便赤足走在雪地上，感觉到大地有雪的宁静，无风，雪地里也并不冷；他几乎感觉到脚踩在雪地冒起一阵烟，凉沁沁的，从脚底遍布了全身。

直到两足僵硬，再也走不动了，他们才循原路回到松雪楼前，纵在黑夜，也看到四行清楚的足迹。

第二天，他被行过天空偶尔的鸟声惊醒，走出门外，雪已经停了，昨夜的足迹也完全消失了。

雪的大地已经忘记曾有两人赤足走过，在大地上，所有并肩行走的足印都是渺小的吧！他想。

能断烦恼

自心清浄

踩钱

　　旧友李铭盛在一家艺廊展出观念艺术，展出的艺术十分新奇，他把千元和百元新钞铺满画廊的地上，让观众脱鞋进去踩。画廊的墙上则挂了几幅用金箔打成的画作，每一幅都用了黄金数两。

　　这个展览光是铺在地上的钞票与挂在墙上的黄金，价值高达一百万元，还特别请了保安公司二十四小时戒护。凡是在这个展览场走过的人，相信都会对金钱的价值有更深的思考。

　　从一个更高的观点看来，钞票无非是纸，黄金则是矿物，它的本身并无价值可言，而是由于人的认定才有价值的。

　　李铭盛的展览是提供一个重要的反思，让我们深一层思考钱财的真实价值，一个人的钱财如果够用，对于金钱的追逐就成数字，我们只是在不断累积数字，让自己心安，以便随时可过更奢华的生活。

可叹的是，这个社会由于长久以来的金钱游戏，已经使贫富差距日渐加大，消费指数则愈来愈高。许多份世界性的调查都指出，台北已经成为世界上物价第二高的城市，物价仅次于日本，但如果与日本东京市民的高收入相比，台北则已经是世界价高的地方。

"贫富差距"一天比一天大，"物价指数"一天比一天高，带来的最恶劣结果，就是"拜金主义"，人人唯金钱是尚，日夜追逐，又带来更大的差距、更高的指数，恶性循环，台北的将来是令人忧心的。

这种忧心可以说是来自两方面，一方面是生产事业没人做，投机事业才有人做，久而久之，社会的生产力会萎缩，奢靡的风气会增长。一方面是基础的工作失去吸引力，暴利成为追求的目标。现在如果有人去担任教师、职员、低层公务员，社会评价是很低的，原因在于他们的待遇与暴利相比显得差距过大。过去几年来，像投资公司、房地产、股票、六合彩的大起大落，都可以说是人们追逐暴利所产生的现象。

以金钱为人生单一价值取向的人，免不了人格就会有缺憾，在有钱的时候，他会变成傲慢、奢侈、趾高气扬的人；在没钱的时候，就会变得自卑、畏缩、自暴自弃。更悲哀的是，不管有钱没钱，对这个社都会有比较心、抗争心，与仇恨心，他在追逐的过程便会不择手段。

有一个笑话说，有一个人大白天在大街上当街抢路人的钱，立刻被送进宫里去，警察问他说："你怎么敢当街在那么多人的面前抢别人的钱呢？"

那人说："那时候我眼里只有钱，根本看不到有人呀！"

眼中只看到钱的人，要让他考虑到别人，考虑到社会责任无疑是缘木求鱼。

住在台北的人大概会有这样的相同经验，如果你开了一部好车，每隔几天就会有人用铁钉或硬器来刮你的车；如果你开的是好车、新车、名车，很可能连大灯和轮胎都会被击破。一位住阳明山高级别墅的朋友说，他时常在家里收到特别的礼物，例如有人从围墙丢进冥纸、狗屎、石头什么的……这是世界少有的怪象，有钱并没有什么罪过，因金钱而贪婪、瞋恨、愚痴，才是令人齿冷的。

当然，物价高昂，年轻人要出头不易，据说台北的青年平均工作三十二年才可能买到自己的房子，但这都不应该是借口，如果有健全的心智，物质生活差一点还难不倒我们，因为我们应该踩钱，不应该被钱所踩。

愈是物欲横流的社会，愈能考验一个人的格调吧！

其实，台北的生活也可以很简单，一斤米十八元，一把青菜十元，一个馒头六元，一斤肉四十元。只要十元铜板，可以从南港坐车到圆山。成衣市场里，一件很好的衣服才卖一百元。

当我们有单纯的心，能过单纯生活的时候，我们就可以兴高采烈地踩钱了。

Part 7
一个人的修行路

我想着，一个人一生能找到一个清洗心灵的地方，概率有多大？即使能找到相同的地方，年岁也大了，心情也不同了。

　　我不刻意去找一座庙朝拜，总是在路过庙的时候，忍不住地想：
也许那里有着入世的青山，然后我跨步走进，期待一次新的随缘。

青山元不动

我从来不刻意去找一座庙宇朝拜。

但是每经过一座庙，我都会进去烧香，然后仔细地看看庙里的建筑，读看到处写满的、有时精美得出乎意料的对联，也端详那些无比庄严、穿着金衣的神明。

大概是幼年培养出来的习惯吧！每次随着妈妈回娘家，总要走很长的路，有许多小庙神奇地建在那条路上，妈妈无论多急地赶路，必定在路过庙的时候进去烧一把香，或者喝杯茶，再赶路。

出门种作的清晨，爸爸都是在庙里烧了一炷香再荷锄下田的。夜里休闲时，也常和朋友在庙前饮茶下棋，到星光满布才回家。

我对庙的感应不能说是很强烈的，但却十分深长。在许许多多的庙中，我都能感觉到一种温暖的情怀，烧香的时候，就好像把自己的心情放在供桌上，烧完香整个人就平静了。

也许不能说只是庙吧，有时是寺，有时是堂，有时是神坛，反正是有着庄严神明的处所，与其说我敬畏神明，还不如说是一种来自心灵的声音，它轻浅地弹奏而触动着我，就像在寺庙前听着乡人夜晚弹奏的南管，我完全不懂得欣赏，可是在夏夜的时候聆听，仿佛看到天上的一朵云飘过，云后闪出几粒晶灿的星星，南管在寂静之夜的庙里就有那样的美丽。

新盖成的庙也有很粗俗的，颜色完全不谐调地纠缠不清，贴满了花草浓艳的艺术瓷砖，这使我感到厌烦。然而我一想到童年时看到如此颜色鲜丽的庙就禁不住欢欣跳跃，心情便接纳了它们，正如渴着的人并不挑拣茶具，只有那些不渴的人才计较器皿。

我的庙宇经验可以说不纯是宗教，而是感情的，好像我的心里随时准备了一片大的空地，把每座庙一一建起，因此庙的本身是没有意义的。记得我在学生时代，常常并没有特别的理由，也没有朝山进香的准备，就信步走进后山的庙里，在那里独坐一个下午，回来的时候就像改换了一个人，有快乐也沉潜了，有悲伤也平静了。

通常，山上或海边的庙比城市里的更吸引我，因为山上或海边的庙虽然香火寥落，往往有一片开阔的景观和天地。那些庙往往占住一座山或一片海滨最好的地势，让人看到最好的风景，最感人的是，来烧香的人大多不是有所求而来，仅是来烧香罢了，也很少人抽签，签纸往往发着黄斑或尘灰满布。

城市的庙不同，它往往局促一隅，近几年，因大楼的兴建更被围得完全没有天光。香火鼎盛的地方过分拥挤，有时烧着香，两边的肩膀都被拥挤的香客紧紧夹住了。最可怕的是，来烧香的人都是满脑子的功利，又要举家顺利，又要发大财，又要长寿，又要儿子中状元。我知道的一座庙里，没几天就要印制一次新的签纸，还是供应不及。如果一座庙只是用来求功名利禄，那么我们这些无求的、只是烧香的人，还有什么值得去的呢？

去逛庙，有时也有意想不到的乐趣。有的庙是仅在路上捡到一个神明像就兴建起来的，有的是因为长了一棵怪状的树而兴建，有的是那一带不平安，大家出钱盖座庙。在台湾，山里或海边的庙宇盖成，大多不是事先规划设计，而是原来有一个神像，慢慢地一座座供奉起来；多是先只盖了一间主房，再向两边延展出去，然后有了厢房，有了后院；多是先种了几棵小树，后来有了遍地的花草；一座寺庙的宏规历尽百年还没有定型，还在成长着。因此使我特别有一种时间的感觉，它在空间上的生长，也印证了它的时间。

观庙烧香，或者欣赏庙的风景都是不足的，最好的庙是在其中有一位得道者，他可能是出家修炼许久的高僧，也可能是拿着一块抹布在擦拭桌椅的毫不起眼的俗家老人。在他空闲的时候，我们和他对坐，听他诉说在平静中得来的智慧，就像坐着听微风吹拂过大地，我们的心就在那大地里悠悠如诗地醒转。

如果庙中竟没有一个得道者，那座庙再好再美都不足，就像中秋夜里有了最美的花草而独缺明月。

我曾在许多不知名的寺庙中见过这样的人，在我成年以后，这些人成为我到庙里去最大的动力。当然我们不必太寄望有这种机缘，因为也许在几十座庙里才能见到一个，那是随缘！

最近，我路过新北市的三峡镇^①，听说附近有一座风景秀美的寺，便放下俗务，到那庙里去。庙的名字是"元亨堂"，上千个台阶全是用一级级又厚又结实的石板铺成，光是登石级而上就是几炷香的工夫。

庙庭前整个是用整齐的青石板铺成，上面种了几株细瘦而高的梧桐，和几丛竹子。从树的布置和形状，就知道不是凡夫所能种植的。庙的设计也是简单的几座平房，全用了朴素而雅致的红砖。

我相信那座庙是三莺一带最好的地势，站在庙庭前，广大的绿野蓝天和山峦尽入眼底，在绿野与山峦间一条秀气的大汉溪如带横过。庙并不老，现在能盖出这么美的庙，使我对盖庙的人产生了最大的敬意。

后来向在庙里洒扫的妇人打听，终于知道了盖庙的人。听说他是来自外乡的富家独子，一生下来就不能食荤的人，二十岁的时候发誓修行，便带着庞大的家产走遍北部各地，找到了现在的地方，他自己拿着锄头来开这片山，一块块石板都是亲自铺上的，一棵棵树都是自己栽植的，历经六十几年的时间才有了现在的规模；至于他来自哪一个遥远的外乡，他真实的名姓，还有他传奇的过去，都是人所不知，当地的人只称他为"弯仔师父"。

"他人还在吗？"我着急地问。

"还在午睡，大约一小时后会醒来。"妇人说。并且邀我在庙里吃了一餐美味的斋饭。

自心清净

---

① 现为三峡区。

我终于等到了弯仔师父，他几乎是无所不知的人，八十几岁还健朗风趣，上自天文，下至地理，中谈人生，都是头头是道，让人敬服。我问他年轻时是什么愿力使他到三峡建庙，他淡淡地说："想建就来建了。"

　　谈到他的得道。

　　他笑了："道可得乎？"

　　叨扰许久，我感叹地说："这么好的一座庙，没有人知道，实在可惜呀！"

　　弯仔师父还是微笑，他叫我下山的时候，看看山门的那副对联。

　　下山的时候，我看到山门上的对联是这样写的：

青山元不动

白云自去来

　　那时我站在对联前面才真正体会到一位得道者的胸襟，还有一座好庙是多么的庄严，他们永远是青山一般，任白云在眼前飘过。我们不能是青山，让我们偶尔是一片白云，去造访青山，让青山告诉我们大地与心灵的美吧！

　　我不刻意去找一座庙朝拜，总是在路过庙的时候，忍不住地想：也许那里有着入世的青山，然后我跨步走进，期待一次新的随缘。

自心清净

卖茶老妇

在淡水高尔夫球场，正下着细雨，没有风，那些被刻意修整平坦的草地，在雨中格外有一种朦胧的美。

我坐在球场的三楼餐厅举目四望，有一种寂寞的感觉包围着我，看着灰色的天空，我深切地感到，年轻时一串最可贵的记忆已经在这雨里濡湿而模糊了。

那是因为刚刚我为了避雨，曾想到淡水龙山寺去喝一壶老人茶，在幽暗的市场里转来转去，走到龙山寺门口，我完全为眼前的景象吓呆了，因为原本空旷的寺中庭院，正中央坐着一座金色的巨佛，屋顶也盖起来了。旧日的龙山寺被一片金的、红的颜色取代，不似往昔斑驳的模样。

我问着寺前的小贩："龙山寺不卖老人茶了吗？"

小贩微笑着说："早就不卖了。"

"那位卖茶的老太太呢？"

"因为龙山寺要改建，没有地方卖茶，她被赶走了。"

我坐在寺前的石阶上，几乎不敢相信自己的眼睛和耳朵。龙山寺不卖老人茶了，这对我是一个很大的打击，因为在我的记忆里，龙山寺和老人茶是一体的，还有那位卖茶的独眼老妇。

十几年前，我第一次到淡水龙山寺，就为这座寺庙着迷，并不是它的建筑老旧，也不是它的香火旺盛，而是里面疏疏散散地摆着几张简陋桌椅，卖着略带苦味的廉价乌龙茶，还有一些配茶的小点心。那位老妇人只有一只眼睛，她沉默地冲好了茶，就迈着缓慢的步子走到里面，沉默地坐着。

龙山寺最好的是它有一分闲情，找三五位好友到寺里喝茶，是人生的一大享受。坐上一个下午，真可以让人俗虑尽褪，不复记忆人间的苦痛。

最好的是雨天的黄昏，一个人独自在龙山寺，要一壶乌龙茶，一碟瓜子，一小盘绿豆糕，一只脚跨在长条凳上，看着雨水从天而降，轻轻落在庭中的青石地板。四周的屋顶上零散地长着杂草，在雨的洗涤下分外青翠，和苍黑的屋瓦形成有趣的对应。更好的是到黄昏的最后一刻，雨忽然停了，斜斜映进来一抹夕阳，金澄色的，透明而发光的。我遇到许多次这样的景况，心灵就整个清明起来。

我喜欢淡水，十几年来去过无数次，并不只是因为淡水有复杂的历史，有红毛城和牛津学堂，有美丽的夕阳，那些虽美，却不是生活的。我爱的是开往对岸八里的渡船，是街边卖着好吃的鱼丸小摊，是偶尔在渡口卖螃蟹的人，是在店里找来找去可以买到好看的小陶碗；最重要的是淡水有龙山寺，寺里有一位独眼老妇卖着远近驰名、举世无双的老人茶。

每次到淡水，大部分的时光我都是在龙山寺老人茶桌旁度过的。选一个清静的下午，带一本小书，搭上北淡线的小火车，慢慢地摇到淡水，看一下午的书，再搭黄昏的列车回台北，是我学生时代最喜欢的事。那是金灿灿的少年岁月，颜色和味道如第二泡的乌龙茶，是澄清的，喝在口中有甘香。

我和卖茶的老妇没有谈过话，她却像我多年的老友一样，常在沉默中会想起她来，可惜我往后不能再与她会面，她的身世对我永远是个谜。

看到龙山寺的改建，驱逐了老妇和她的茶摊，我的心痛是那尊金色巨佛所不能了解的。在细雨中，我一个人毫无目的在街上走着，回忆龙山寺和我年少时的因缘，以及和我在茶桌边喝过茶论过艺的一些老友，心情和雨一样的迷惘。不知不觉地就走到淡水高尔夫球场，在餐厅里叫了一杯咖啡，却一口也喝不下去。这是富人的地方，穿着高级名贵运动衣的中年男子，冒雨打完球回来休息，谈论着一个人一生能一杆进洞的概率能有多大。

一位微胖的男子说："我打了十几年的高尔夫，还没有打过一杆进洞。"言下不胜感慨。

我想着，一个人一生能找到一个清洗心灵的地方，像龙山寺的老人茶座，概率有多大？即使能找到相同的地方，年岁也大了，心情也不同了。裤袋夹一本诗集、买一张车票跳上火车的心情恐怕也没有了。

龙山寺改建对我是不幸的，它正象征着一轮金色的太阳往海中坠去，形象的美还清晰如昨，可是夕阳沉落了，天色也暗了。

自心清净

凤凰的翅膀

我时常想，创作的生命可以分成两类：一类是像恒星或行星一样，发散出永久而稳定的光芒，这类创作为我们留下了许多巨大而深刻的作品；另一类是像彗星或流星一样，在黑夜的星空一闪，留下了短暂而炫目的光辉，这类作品特别需要灵感，也让我们在一时之间洗涤了心灵。两种创作的价值无分高下，只是前者较需要深沉的心灵，后者则较需要飞扬的才气。

最近在台北看了意大利电影大师费里尼 (Federico Fellini) 的作品《女人城》(*City of Women*)，颇为费里尼彗星似的才华所震慑。那是一个简单的故事，说的是一位中年男子在火车上邂逅年轻貌美的女郎而下车跟踪，误入了全是女人的城市，那里有妇女解放运动的成员，有歌舞女郎、荡妇、泼妇、应召女郎、"第三性"女郎等等，在这个光怪陆离的世界里，费里尼像在写一本灵感的记事簿，每一段落都表现出光辉耀眼的才华。

这些灵感的笔记，像是一场又一场的梦，粗看每一场，均是超现实而没有任何意义的，细细地思考则仿佛每一场梦我们都经历过，任何的梦境到最后都是空的，但却为我们写下了人世里不可能实现的想象。

诚如费里尼说的："这部影片有如茶余饭后的闲谈，是由男人来讲述女人过去和现在的故事；但是男人并不了解女人，于是就像童话中的小红帽在森林里迷失了方向一般。既然这部影片是一个梦，用的就是象征性的语言；我希望你们不要努力去解释它的涵意；因为没有什么好解释的。"有时候灵感是无法解释的，尤其对创作者而言，有许多灵光一闪的理念，对自己很重要，可是对于一般人可能毫无意义，而对某些闪过同样理念的人，则是一种共鸣，像在黑夜的海上行舟，遇到相同明亮的一盏灯。

在我们这个多变的时代里，艺术创作者真是如凤凰一般，在多彩的身躯上还拖着一条斑斓的尾羽；它从空中飞过，还唱出美妙的歌声。记得读过火凤凰的故事，火凤凰是世界最美的鸟，当它自觉到自己处在美丽的巅峰、无法再向前飞的时候，就火焚自己，然后在灰烬中重生。

这是个非常美的传奇，用来形容艺术家十分贴切。我认为，任何无法在自己的灰烬中重生的艺术家，都无法飞往更美丽的世界，而任何不能自我火焚的人，也就无法突破自己，让人看见更鲜美的景象。

像是古语说的"破釜沉舟"，如果不能在启帆之际，将岸边的舟船破沉，则对岸即使风光如画，气派恢宏，可能也没有充足的决心与毅力航向对岸。艺术如此，凡人也一样，我们的梦想很多，生命的抉择也很多，我们常常为了保护自己的翅膀而迟疑不决，丧失了抵达对岸的时机。

人是不能飞翔的,可是思想的翅膀却可以振风而起,飞到不可知的远方,这也就是人可以无限的所在。不久以前,我读到一本叫《思想的神光》的书,里面谈到人的思想在不同的情况有不同的光芒和形式,而这种思想的神光虽是肉眼所不能见,新的电子摄影器却可以在人身上摄得神光,从光的明暗和颜色来推断一个人的思想。

还有一种说法是,当我们思念一个人的时候,我们的思想神光便已到达他的身侧,温暖着我们思念的人;当我们忌恨一个人的时候,思想的神光则飞到他的身侧,和他的神光交战,两人的心灵都在无形中受损。而中国人所说的"缘"和"神交",都是因于思想的神光有相似之处,在无言中投合了。

我觉得这"思想的神光"与"灵感"有相似之处,在"昨夜西风凋碧树,独上高楼,望尽天涯路"时,灵感是一柱擎天;在"衣带渐宽终不悔,为伊消得人憔悴"时,灵感是专注地飞向远方;"众里寻他千百度,蓦然回首,那人却在灯火阑珊处"时,灵感是无所不在,像是沉默地、宝相庄严地坐在心灵深处灯火阑珊的地方。

灵感和梦想都是不可解的,但是可以锻炼,也可以培养。一个人在生命中千回百折,是不是能打开智慧的视境,登上更高的心灵层次,端看他能不能将仿佛不可知的灵感锤炼成遍满虚空的神光,任所翱翔。

人的思考是如凤凰一样多彩,人一闪而明的梦想则是凤凰的翅膀,能冲向高处,也能飞向远方,更能历千百世而不消磨——因此,人是有限的,也是无限的。

一个人不明事理，不是事理有病，不是眼睛有病，而是内心有病，
只要治好了真心，眼睛也可以分辨，事理也得到了澄清。

温柔半两

读到无际大师的"心药方"，说到不管是齐家、治国、学道、修身，必须先服十味妙药，才能成就，哪十味妙药呢？他说：

"好肚肠一条，慈悲心一片，温柔半两，道理三分，信行要紧，中直一块，孝顺十分，老实一个，阴骘全用，方便不拘多少。"这十味妙药要怎么吃呢？他又说："此药用宽心锅内炒，不要焦，不要躁，去火性三分，于平等盆内研碎，三思为末，六波罗蜜为丸，如菩提子大，每日进三服，不拘时候，用和气汤送下，果能依此服之，无病不瘥。"

"心药方"是用白话写成，不难理解其意，在此必须解释的是"六波罗蜜"，波罗蜜是行菩萨道之谓，行法有六种：一布施、二持戒、三忍辱、四精进、五禅定、六智慧，菩萨用这六种方法度人过生死海到涅槃彼岸。"菩提子"则是菩提树的种子，可做念珠，大小如莲子，做抽象解释时，"菩提"是"觉悟"的意思。

我想，不论是否佛教徒，每天能三服这帖心药，不仅能使身心安乐，也能无愧于天地，假如每天吃三四味，也就能祛病延年，要是万万不可能，一天吃一口"温柔半两"，可能也足以消灾少祸了。

这一帖心药虽仅有十味，味味全是明心见性，充满了智慧，因为在佛家而言，人身体所有的病痛全是由心病而来，佛陀释迦牟尼将心病大致归于贪瞋痴三种，只有在一个人除去贪、瞋、痴三病时，才能有一个明净的精神世界，也才会身心悦乐，没有罣碍，没有恐怖，远离颠倒梦想，因此所有佛书的入门就是一部《心经》，所有成佛的最高境界，靠的也是心。

佛书中对心的探求与沉思历历可见，释尊曾经这样开示："心作天，心作人，心作鬼神、畜生、地狱，皆心所为也。"（《般泥洹经》）又说："能伏心为道者，其力最多。吾与心斗，其劫无数，今乃得佛，独步三界，皆心所为。"（《五苦章句经》）对于为善的人，心是甘露法；对于为恶的人，心是万毒根。因此医病当从内心医起，救人当从内心救起。

例如佛祖在《楞严经》里说："灯能显色，如是见者，是眼非灯；眼能显色，如是见性，是心非眼。"翻成白话是："灯能显出东西不是灯能看见东西，而是眼睛借灯看见了东西，眼睛看见了东西，并不是眼睛在看，而是心借眼睛显发了见性。"那么我们可以说一个人不明事理，不是事理有病，不是眼睛有病，而是内心有病，只要治好了真心，眼睛也可以分辨，事理也得到了澄清。

无际大师的心药，即是从根本处解决了人生与人格的问题。

关于心的壮大，禅宗初祖达摩祖师在《达摩血脉论》中曾有一段精彩绝伦的文字，他说："除此心外，见佛终不得也。佛是自心作得，因何离此心外觅佛？前佛后佛只言其心，心即是佛，佛即是心，心外无佛，佛外无心。若言心外有佛，佛在何处？心外既无佛，何起佛见？……若知自心是佛，不应心外觅佛。佛不度佛，将心觅佛不识佛。"

因而历来的禅宗无不追求一个本心，认为一个人不能修心、明心、真心、深心，而想成佛道，有如取砖头来磨镜，有如以沙石作饭，是杳不可得的。这正是六祖慧能说的：

能断烦恼

> 于一切行住坐卧，常行一直心。
>
> 但行直心，于一切法，勿有执着。

知道了心对真实人生的重要，再回来看无际大师的心药方，他的这帖药是古今中外皆可行的，而且有许多正在现代社会中消失，实在值得三思。试想，一个人要是为人有好肚肠、长养慈悲心、多几分温柔、讲一些道理，对人守信用、对朋友讲义气、对父母孝顺、行住坐卧诚信不欺、不伤阴德、尽量给人方便，那么这个人算是道德完满的人，还会有什么病呢？

人人如此，社会也就无病了。

天下太平的线索，其实就是一个人内心完成所组合的元素！

自心清浄

黑暗的剪影

在新公园散步，看到一个"剪影"的中年人。

他摆的摊子很小，工具也非常简单，只有一小把剪刀、几张纸。但是他剪影的技巧十分熟练，只要三两分钟就能把一个人的形象剪在纸上，而且大部分非常酷肖。仔细地看，他的剪影上只有两三道线条，一个人的表情五官就在那三两道线条中活生生地跳跃出来。

那是一个冬日清冷的午后，即使在公园里，人也是稀少的，偶有路过的人好奇地望望剪影者的摊位，然后默默地离去；要经过好久，才有一些人抱着姑且一试的心理，让他剪影，因为一张只要二十元，比在照相馆拍一张失败的照片还要廉价很多。

我坐在剪影者对面的铁椅上，看到他生意清淡，不禁令我觉得他是一个人间孤独者。他终日用剪刀和纸捕捉人们脸上的神采，而那些人只像一条河从他身边匆匆流去，除了他摆在架子上一些传神的、用来做样本的名人的侧影之外，他几乎一无所有。

走上前去，我让剪影者为我剪一张侧脸，在他工作的时候，我淡淡地说："生意不太好呀？"没想到却引起剪影者一长串的牢骚。他说，自从摄影普遍了以后，剪影的生意几乎做不下去了，因为摄影是彩色的，那么真实而明确；而剪影是黑白的，只有几道小小的线条。

他说："当人们太依赖摄影照片时，这个世界就减少了一些可以想象的美感，不管一个人多么天真烂漫，他站在照相机的前面时，就变得虚假而不自在了。因此，摄影往往只留下一个人的形象，却不能真正有一个人的神采；剪影不是这样，它只捕捉神采，不太注意形象。"我想，这位孤独的剪影者所说的话，有很深切的道理，尤其是人坐在照相馆灯下所拍的那种照片。

他很快地剪好了我的影，我看着自己黑黑的侧影，感觉那个"影"是陌生的，带着一种连我自己都不敢相信的忧郁，因为"他"嘴角紧闭，眉头深结。我询问着剪影者，他说："我刚刚看你坐在对面的椅子上，就觉得你是个忧郁的人，你知道要剪出一个人的影像，技术固然重要，更重要的是观察。"

剪影者从事剪影的行业已经有二十年了，一直过着流浪的生活，以前是在各地的观光区为观光客剪影，后来连在观光区也被照相师傅取代了，他只好从一个小镇到另一个小镇，出卖自己的技艺。他的感慨不仅仅是生

自心清净

活的，而是"我走的地方愈多，看过的人愈多，我剪影的技术就日益成熟，捕捉住人最传神的面貌，可惜我的生意却一天不如一天，有时在南部乡下，一天还没有十个人上门"。

作为一个剪影者，他最大的兴趣是在观察。早先是对人的观察，后来生意清淡了，他开始揣摩自然，剪花鸟树木，剪山光水色。

"那不是和剪纸一样了吗？"我说。

"剪影本来就是剪纸的一种，不同的是剪纸务求精细，色彩繁多，是中国的写实画；剪影务求精简，只有黑白两色，就像是写意了。"

因为他夸说什么事物都可以剪影，我就请他剪一幅题名为"黑暗"的影子。

剪影者用黑纸和剪刀，剪了一个小小的上弦月和几粒闪耀的星星，他告诉我："本来，真正的黑暗是没有月亮和星星的，但是世间没有真正的黑暗，我们总可以在最角落的地方看到一线光明，如果没有光明，黑暗就不成其黑暗了。"

我离开剪影者的时候，不禁反复地回味他说过的话。因为有光明的对照，黑暗才显得可怕，如果真是没有光明，黑暗又有什么可怕呢？问题是，一个人处在最黑暗的时刻，如何还能保有对光明的一片向往。

现在这张名为"黑暗"的剪影正摆在我的书桌上，星月疏疏淡淡地埋在黑纸里，好像很不在意似的，"光明"也许正是如此，并未为某一个特定的对象照耀，而是每一个有心人都可以追求。

后来我有几次到公园去，想找那一位剪影的人，却再也没有他的踪迹了。我知道他在某一个角落里继续过着漂泊的生活，捕捉光明或黑暗的人所显现的神采，也许他早就忘记曾经剪过我的影子，这丝毫不重要，重要的是我们在一个悠闲的下午相遇，而他用二十年的流浪告诉我："世间没有真正的黑暗。"即使无人顾惜的剪影也是如此。

推荐阅读：
林清玄 "素心四书" 系列

以清净心看世界，以欢喜心过生活，以平常心生情味，以柔软心除挂碍。

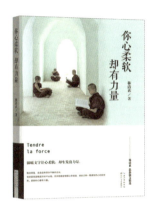

《你心柔软，却有力量》

温暖文字让心柔软，却生发出力量。

本书围绕"柔软心"，书中收录《生命的化妆》《迷路的云》《温一壶月光下酒》《黄昏菩提》《正向时刻》《求好》《有情十二贴》《不是茶》《柔软心》等 48 篇不同时期经典作品。

柔软的心最有力量。唯其柔软，我们才能敏感；唯其柔软，我们才能包容；唯其柔软，我们才能精致；也唯其柔软，我们才能超拔自我，在受伤的时候甚至能包容我们的伤口。

《心有欢喜过生活》

心所要的，不是足够多，是足够欢喜。

本书围绕"欢喜心"，集结林清玄备受好评的经典作品 53 篇。在清雅文字和禅意插图的引领中，重探生活原味，启发心灵的敏锐。

欢喜心是敢于超越自我，虽在尘网中生活，但永远不忘想飞的心，不忘飞翔的姿势；是坦然承担此刻，当下的每一刻都活得饱满、有力量，是懂得转化苦乐，人生的境遇不可捉摸，心智却可以扭转，心有正念，一切欢喜；欢喜心是一种敏感，一种韧性，使我们能享受好的生活，也能承受坏的际遇。

以"平常心"为主题的散文经典合辑敬请期待。